伝えたい私の戦争

第4集

熊本日日新聞社 編

熊本日日新聞社

本書は、「熊本日日新聞」朝刊の長期連載企画「伝えたい　私の戦争」シリーズより、平成26年11月5日から平成27年5月22日までの掲載分を収録（特集を除く）。文中に登場する方々の年齢、住所等は、掲載時のまま紹介しています。

刊行にあたって

終戦までドイツ国内にとどまりナチスに抗したことで知られる児童文学作家のケストナーは「時間には二通りある」と記しています。一つは暦や時計で計れるもの、もう一つはそれでは計れない人の思い出です。その上で「忘れられないことを忘れるな」と読者に呼び掛けています。

２０１３年5月に始まった連載「伝えたい　私の戦争」シリーズの刊行は今回、第4集を数えることになりました。平時であれば家族の愛情に包まれ屈託ない日々を過ごしていたであろう子どもたち、あるいは友人らとともに大いに青春を謳歌《おうか》していたであろう青年たちの日常が、戦火の下で黒く塗りつぶされていった記憶が、今回もたくさん詰まっています。それは戦後70年の時を経た今も色あせず、いやむしろ歳月を重ねてますます重く胸の内に蓄積していった「忘れられない、忘れてはならない」思い出でしょう。

取材に応じて間もなく、記事の証言を遺言として亡くなられた方がおられます。これまで家族にも明かしたことがないという悲痛な体験を話してくださった方もおられます。取材にあたった記者たちはそれぞれが、託されたその思いをどう受け止め記事につづるのか、思い悩みながらパソコンのキーをたたきました。証言者の方々とのやりとりは、戦争を知らない世代の取材陣にとって、歴史の記録者としての責務をあらためて心に刻む作業ともなったようです。

前述したケストナーは「未来を信じる者は青少年を信じます」とも述べています。この第4集が既刊と同様に若い世代にも読み継がれ、平和な未来の礎となることを心から願っています。

２０１５年8月

熊本日日新聞社社会部長　泉　潤

「伝えたい 私の戦争」第4集 目次

戦火くぐった海防艦　中村 喜一さん

＝荒尾市原万田

太平洋戦争の戦火をくぐった「海防艦221号」。艦内神社の神棚は今、元乗組員、中村喜一さん（87）方の居間に鎮座している。戦後、米軍に艦を引き渡す時、持ち帰ったものだという。

「うちの守り神はこれです」。そういって神棚から取り出したのは出征時、知人らが武運を祈って寄せ書きをした旭日旗。「大和魂」「沈勇果敢」「盡（尽）忠報国」…記されたこれらの言葉とともに、身をもって戦争の悲惨さを体験した。

「多くの戦友を失いながら、よくぞ生きて帰れたと今も不思議に思います」

大牟田市出身。１９４２（昭和17）年９月、海軍特別年少兵の１期生として佐世保（長崎県）の第２海兵団に入団。翌43年７月、レーダーを扱う電測員になるため横須賀通信学校（神奈川県）に進んだ。既に砲術学校への入校が決まっていたが、上司の勧めに従った。「これからはレーダーの時代だ」

半年間の訓練を終えて、大竹（広島県）の潜水学校に進むことになっていた。ところが直前になって佐世保への帰団命令が下り、ビルマ（現ミャンマー）行きを命じられた。レーダー機器の設置が目的だった。「恐らく生きて帰ることはないだろう」―母親と妹を佐世保に呼び寄せ、手持ちのアルバムを託した。

雪が舞う44年１月、日本を出発。船や鉄道を乗り継ぎ、翌２月、配属先の第12警備

【海軍特別年少兵】 14歳以上16歳未満を対象に募集。横須賀、呉、舞鶴、佐世保の各海兵団に入団した。基礎教育終了後、各術科学校を経て実戦部隊に配属された。その存在を知る人は少なく、「幻の兵隊」と言われた。採用者約１万７千人中、数千人が命を落としたとされる。

隊本部があるビルマのラングーン（現ヤンゴン）に到着した。「かつて英国海事局の建物だった所。トイレは大理石で、講堂やプールもあった」。日本との生活水準の違いに衝撃を受けた。

日本から派遣された設置要員は9人。当初、レーダーを据え付ける予定だったダイヤモンド島は「島の形が変わるほど爆撃を受けた」。このため、対岸にある寺院裏手のがけの上に変更。船着き場から約200メートルの距離があり、機器を運ぶには幅員2・5メートルの道路が必要だった。

みんな裸足《はだし》で、上半身裸。竹で編んだ帽子をかぶって、現地の人たちと一緒に道を造った。「兵士らしくないところが、好感を持たれたんでしょう」。一緒に酒を酌み交わし、マラリアの薬を渡すとお礼にニワトリが届いた。

言葉と国籍を超え、戦場の片隅で生まれた連帯感。宿舎となった寺院の軒先には、中村家の神棚に納まるあの旭日旗がはためいていた。

●甲板は血の海

戦時中、レーダーを据え付けるため、ビルマに派遣された中村さん。機器を運ぶため船着き場からの道路を完成させたが、その苦労が報われることはなかった。

「機器を乗せた船が敵の潜水艦によって撃沈されたんです」。仕事を奪われた中村さんらに下ったのは、日本への帰還命令。ラングーンから鉄路で南下し、シンガポールで戦艦「榛名」に乗船。44年12月、佐世保に着いた。

久しぶりの祖国。しかし、兵舎から1週間出ることができず、他の兵隊との接触も禁じられた。隔離生活が明

海防艦221号の仲間と写真に納まる中村喜一さん（中央）＝1945年5月（本人提供）

け、２泊３日の休暇。迷わず郷里の大牟田市に向かった。

「自宅に着いたのは夜中の２時ごろ。家族はビルマにいるとばかり思っていたので、驚きも大きかったようです」。母親の頬を伝う涙が、今も目に浮かぶ。

休暇が明け、新たな任務を告げられた。新潟鉄工所（新潟県）で造船中の「海防艦２２１号」。各種装備を取り付ける艤装《ぎそう》員としてレーダー設置にかかわり、45年４月の竣工《しゅんこう》と同時に電測員として艦に乗り込んだ。

大湊（青森県）を母港とし、北海道から東北の海域を警備。「造船時から知っているので、わが子のような存在。戦争に負けて米軍に引き渡す時は、身が引き裂かれる思いでした」。この間、ともに激烈な戦闘にも巻き込まれた。

45年７月14日、雲一つない朝だった。釜石港（岩手県）に停泊中の海防艦２２１号に、グラマン３機が襲いかかった。ただちに高角砲が発射され、１機に命中。片翼が吹き飛ばされ、海面にたたきつけられた。「よし、やったぞ」。艦内に万歳の声が響き渡った。

「これで終わるはずがない。あいつらは必ずやってくる」。予感は的中した。数時間後、約60機のグラマンが来襲。機銃員が次々と倒れた。ある下士官が機銃の引き金を引こうとして、大声を上げていた。「おい、弾が出ないぞ」。その右腕は既に吹き飛んでいた。

弾雨の中、中村さんら電測員も弾薬庫から機銃や高角砲の弾を運んだ。1時間ほどの戦闘で戦死者6人、負傷者多数。「甲板はまるで血の海。滑って歩けないので、大量に砂をまきました」

機影が消え、静けさを取り戻した時。雷のようなごう音が釜石の街を包んだ。本土の都市を狙った初めての艦砲射撃が始まった。

●艦砲射撃で壊滅的被害

東日本大震災の津波で甚大な被害を受けた岩手県釜石市。戦争末期、製鉄所を持つこの街は2度の艦砲射撃に見舞われている。

45年7月14日の艦砲射撃は、本土が狙われた初めてのケース。中村さんを乗せた海防艦221号も、この「釜石艦砲射撃」に巻き込まれた。

戦艦から次々と放たれる砲弾。ごう音とともに市街地に火柱が上がり、製鉄所の巨大な煙突もひとたまりもなかった。反撃を試みるがこちらの高角砲は射程が短いため、敵艦に届かない。「打つ手がなく、向こうはやりたい放題。歯がゆくてたまらなかった」

敵の砲弾が艦の前方に着弾し、水柱が何本も上がった。「前進停止、後進一杯」。艦長の号令に弾かれるように、全速力で後ろに下がった。その水柱が消えた場所に、再び砲弾が落下。間一髪で難を逃れた。

「あの時の艦長の決断がなければ、私たちの命もなかっただろう」。砲撃は2時間におよんだ。8月の艦砲射

【釜石艦砲射撃】　釜石市郷土資料館によると、1945年7月14日の砲撃では2565発、2度目となる同8月9日は2781発の砲弾が打ち込まれた。2度の攻撃で死者756人、建物全焼2930戸、全壊280戸の被害が出た。

撃と合わせ、東北を代表する工業都市は壊滅的被害を受けた。

8月15日、その日は室蘭（北海道）に停泊していた。「敵機動部隊に突入すべき」との命令が下り、早朝、覚悟を決めて出港した。1機のグラマンも現れない。不思議に思っているところに、電文が届いた。「作戦中止。正午から重大発表がある」—。

帰投後、第1種軍装に着替え、終戦の玉音放送を聞いた。「負けた悔しさよりも、助かったという気持ちの方が強かった」。緊張から解放され、全身から力が抜けていくのが分かった。

戦後、改造された海防艦221号は引き揚げ船として第二の人生を送る。中村さんも運航要員として、復員する将兵や大陸からの引き揚げ者、本土から沖縄に戻る疎開学童らを運んだ。

満州から引き揚げてきた人たち。この間の苦労は身なりからもうかがえた。着の身着のままで、持ち物は風呂敷一つ。顔は汚れ、だれもが疲れ切っていた。「早く船に乗って体を休めてください」。それ以外、掛ける言葉が見つからなかった。

引き揚げ輸送を終えたのは47年1月。艦を米軍に引き渡し、郷里の大牟田市に戻った。戦後は九州電力に勤務し、弓道や茶道、日本舞踊など趣味にもいそしんだ。「こうして平和に過ごせるのも憲法があったから。時代の反省を忘れてはならない」。中村さんは神棚から取り出した旭日旗に目をやった。


（2014年11月5〜7日）

ブーゲンビル島の戦場　髙木　正男さん

＝熊本市中央区新町

「長沙に近い河原で戦死した日本兵の遺体を火葬した。材木の上に載せた遺体は火がつくと筋肉が萎縮するためか、上半身が次々と起き上がっては倒れた。衝撃だった」

熊本市に司令部を置く陸軍第6師団の野砲兵第6連隊将校だった髙木正男さん（95）の記憶に刻まれた日中戦争での光景だ。

旧制中学済々黌、京都の高等蚕糸専門学校を卒業後、日本統治下の朝鮮総督府に1年間勤務した。徴兵検査に合格し、１９４０（昭和15）年3月に同連隊に入隊。愛知の予備士官学校で1年間教育を受けた。長沙に向けて進軍中の同連隊に合流したのは41年9月。

初めて見た戦闘は歩兵第13連隊など数千人が川を渡り、攻め込む渡河作戦だった。迫撃砲や機関銃で攻撃してくる対岸の中国軍陣地に向け、12門の大砲を一斉に発射して援護した。「中国軍の反撃は一時的。撤退も早く、日本軍は破竹の勢いだった」

武漢など日本軍が駐留した都市には、日本人の業者が管理する慰安所があったという。「慰安婦は日本人や朝鮮人、中国人の女性。軍医が週1回、性病検査をしていた」「利用時間は兵士が正午から午後5時まで、下士官はそれから7時まで、最後が将校だった。控室には順番待ちの列ができた」。高木さんが記憶をたぐり寄せる。

【野砲兵第6連隊】　熊本市に司令部を置いた陸軍第6師団の砲兵部隊。1875（明治8）年に熊本鎮台の砲兵第6大隊として創設され、熊本城内に駐屯した。98～99年に大江地区に移転。1941年時点で隊員約2400人、馬約1900頭を擁した。中国から南太平洋のブーゲンビル島に派遣され、飢えやマラリアなどで多くの隊員が同島で戦死・戦病死した。

「慰安婦は枕元に置いた紙に『正』の字を書いて、相手した人数を記録していた」。駐留が長くなって、日本兵と恋仲になる慰安婦もいたと聞いた。飲酒し慰安所で暴れる兵士もいたため、髙木さんら将校が交代で見回りに出た。

太平洋戦争が始まり、米軍との戦闘が本格化すると、第6師団はガダルカナル島へ派遣された。42年12月に上海から出航したが、部隊には半年前のミッドウェー海戦の惨敗など劣勢の情報は一切届いていなかった。

中国で快進撃を続けてきた第6師団の戦意は、連戦連勝で高揚していた。「『このまま米国本土のハリウッドに上陸するぞ』、そんな冗談が飛び交うほど浮かれていた」。この後、地獄の戦場が待ち構えているとは頭の片隅にもなかった。

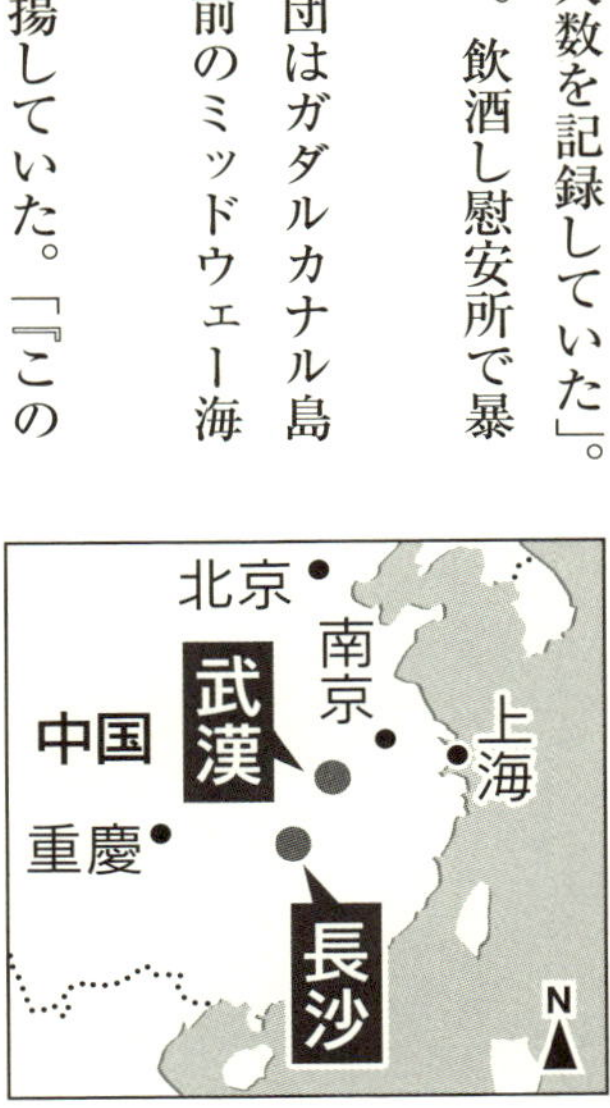

●骨と皮の日本兵

「右前方に敵潜水艦！」。43年1月、太平洋の赤道付近を航行中の輸送船内に深夜、緊急事態を告げるアナウンスが響き渡った。船はかじを切って急反転し、魚雷から間一髪で逃れたが、後方の輸送船に命中。水煙を上げてあっという間に海中に沈んだ。

髙木さんは輸送船の船首に備え付けた大砲で警戒中。「月明かりの下、双眼鏡から米潜水艦の潜望鏡がはっきりと見えた。大砲を撃ちまくったが、当たるはずもなかった」と振り返る。

第6師団は、撤退が決まったガダルカナル島を断念。同じソロモン諸島のブーゲンビル島南部に上陸した。大八車に大砲を載せ、ぬかるむジャングルを押して運んだ。兵舎はなく、バショウの葉を切って屋根にし、草を敷いて寝た。

上空では連日のように、ゼロ戦（零式艦上戦闘機）と米軍機グラマンの空中戦が繰り広げられ、B29による爆撃もあった。

ある日、不時着して捕虜になった米軍パイロットを一晩だけ監視した。片言の英語で話し掛けたが、米兵は何も答えず、「殺してくれ」と繰り返した。「米兵は若かったが、決して名前や部隊名を明かさなかった。敵ながらあっぱれと感心した」

ほどなく、ガダルカナル島から日本兵が、高木さんらがいるブーゲンビル島に次々と撤退してきた。「一様にやつれ餓死寸前。軍服はボロボロで哀れだった。自分たちもいずれこうなるのか。中国での勝ち戦しか知らず、がく然とした」。骨と皮だけになった日本兵の姿が、高木さんの脳裏に焼きついている。

ガダルカナル島守備隊の参謀が、第6師団の将校を集めて戦闘経過を報告した。日本軍は海岸に陣地を築いて敵の上陸を阻止するのが常道だった。しかし、参謀は「圧倒的戦力の米軍には無力。ジャングルに身を潜めて攻撃せよ」と忠告した。

米軍上陸に備え、ジャングル内で道路造成に明け暮れていた43年4月。日本軍機1機が空中戦の末、近くに墜落した。しばらくして「山本五十六連合艦隊司令長官機が墜落した」との知らせが届き、捜索を命じられた。

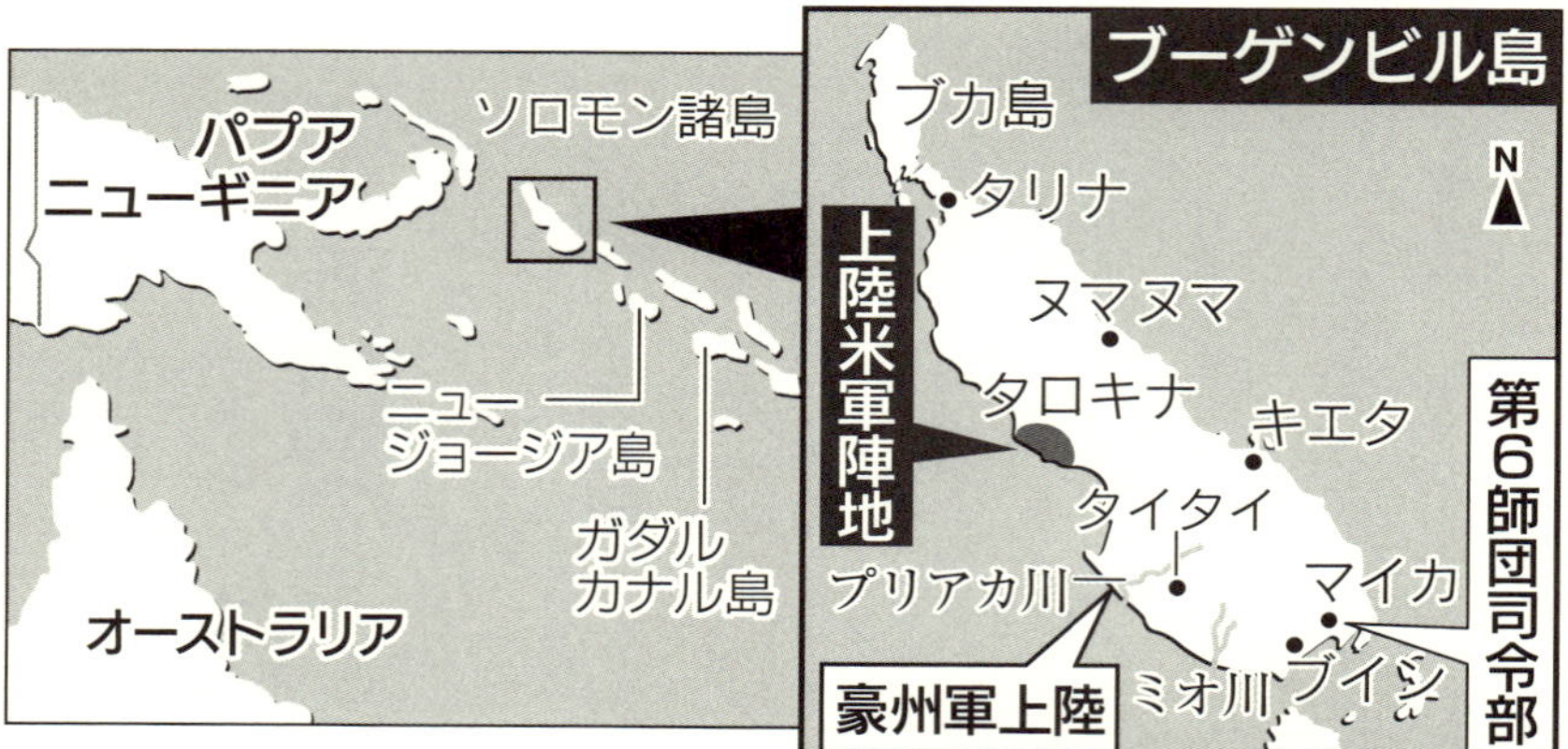

「山本長官は海軍の総大将で神様のような存在。戦争の行く末に一抹の不安がよぎった」。部下を伴い捜索に向かったが、湿地帯でとても近づけなかった。

●「戦争どころじゃなかった」

43年11月1日。米軍部隊が第6師団主力のブーゲンビル島への上陸を始めた。上陸地点を島の南部と読んだ日本軍の裏をかき、湿地帯の多い西部のタロキナ岬を選んだ。

「日本軍は既に制空権も制海権も失っていた。圧倒的な兵力で上陸してきた米軍を前に、タロキナの守備隊は壊滅状態だった」。高木さんは南部のタイタイにいた。艦砲射撃の音が聞こえ、「いよいよ決戦か」と武者震いした。

日本軍は、タロキナに飛行場を建設した米軍への総攻撃を計画。当時、野砲兵の主力は口径7・5センチ砲。既に制海権を失っていたが、海軍が潜水艦を使って、満州国（現中国東北部）の関東軍から10センチ砲2門を運び込んだ。タロキナまで6キロ地点に据え付け、中隊長だった高木さんらが周囲に掩体壕《えんたいごう》を築いた。

44年3月、日本軍は第2次タロキナ作戦を決行。米軍の飛行場を見下ろす高台の木に設けた見張り台から、施設の正確な位置や距離を伝えるのが高木さんの任務。10センチ砲による砲撃を合図に一斉攻撃が始まった。

米軍の宿舎に命中し次々と黒煙が上がったが、日本軍の攻勢は30分も続かなかった。米軍は艦砲射撃で反撃し、爆撃機も次々と飛び立った。「じゅうたん爆撃で日本軍が潜むジャングルは、あっという間に焼け野原。米軍の攻撃はすさまじく、地下壕《ごう》に逃げ込むのがやっとだった」

第2次タロキナ作戦の大敗後、日本軍はゲリラ戦を余儀なくされた。武器や弾薬の補給も困難になり、じりじりと退却を強いられた。食料不足は深刻だった。〝ジャングル野菜〟と名付けた雑草やバショウの根をゆがいて食べ、ネズミやカタツムリ、セミ、トカゲ…食べられるものは何でも口に入れた。

深夜、海岸で海水を蒸発させて塩を作った。針金とタイヤのチューブでモリを発射するゴム銃を作り、川で魚を突いた。それでも、栄養失調やマラリアで戦友が次々と死んでいった。

「戦争どころじゃなかった。どうやって飢えをしのぎ、生き延びるか。それしかなかった」

●20人を切った中隊

45年1月、米軍に代わって豪州軍がブーゲンビル島に上陸。高木さんはジャングルでにらみ合いを続けた。

第6師団野砲兵第6連隊で見習士官時代の高木正男さん＝1941年8月（本人提供）

「投降すればコーヒーと食事を差し上げます」。既に豪州軍に投降したとみられる日本兵がマイクで呼び掛ける。1人抜け、2人抜け…。「何も言わずにいなくなる兵士もいて、戦う気力は失われていった」。極限状態の戦場を振り返る。

ミオ川を挟んで豪州軍と対峙《たいじ》していた8月15日。ジャングル上空を低空で飛ぶ敵機の翼に「日本降伏」の文字が見えた。高木さんら最前線には3日後、大隊本部から敗戦の知らせが届いた。「不思議と涙は出なかった。この先どうなるか不安はあったが、生きて帰れると正直ほっとした」

ブーゲンビル島上陸時、200人いた高木さん率いる中隊は20人を切っていた。最前線の部隊は師団司令部のあるマイカに集合。戦線を勝手に離脱し、ジャングル内をさまよっていた約20人は、上官の命令で全員が銃殺処分になったと後で聞いた。「戦争中なら銃殺もやむを得ないが、終戦後、なぜそこまでしなければならなかったのか。理不尽で許せなかった」。高木さんは憤りを隠さない。

半年間の収容所生活を経て、46年3月に帰国。熊本市の市街地は空襲で焼け野原になっていたが、両親は無事だった。息子にサツマイモをゆでて食べさせようとした母親が皮を捨てたのを見て、思わず声を上げた。「何てもったいないことをするんだ」

戦後は県養蚕農協連合会などに勤務し、養蚕農家の指導に当たった。同連合会の参事まで務め、現在は生存者や遺族らでつくる県ブーゲンビル島会の会長を務める。

戦争とはいえ、多くの命を奪ったことへの贖罪《しょくざい》の気持ちを抱えて戦後を生きてきた。7年前、念願だった米国のアーリントン国立墓地を参拝した。かつて死闘を繰り広げた米軍兵士が眠る場所だ。

「戦争を繰り返すことなく、平和な世が続くようにとの願いを込めた。胸のつかえが一つ取れました」。あの日の厳粛な気持ちを思い起こしながら、静かに目を閉じた。

（2014年11月12～15日）

翼造った女子挺身隊　岩橋　京子さん

＝八代市坂本町

「『母親がいないわが家で、娘は精いっぱいやってくれている。挺身《ていしん》隊に行かせないでくれ』と哀願した父の姿が忘れられません」。太平洋戦争の戦局も厳しくなったある日、岩橋京子さん（90）の実家を、軍服姿の2人が訪れた。持参したのは「人吉女子挺身隊」への入隊通知だった。

湯前町出身の岩橋さんは7人きょうだいの5番目。14歳のころに母チズさんを亡くし、多良木実科高等女学校（現多良木高）を卒業した後は、軍隊入りした兄や嫁いだ姉らに代わって弟妹の面倒をみていた。加えて、雑貨店を営んでいた父貞市さんも体調を崩していた。「家事や勤労奉仕は私の仕事。その私がいなくなれば父や弟、妹はどうなるんだろう」。挺身隊入りの知らせは「私にとっての赤紙でした」と振り返る。

多良木高女では無欠席を通すほど、丈夫な体に恵まれた。一方で、性格は「引っ込み思案ではにかみ屋」。それでも戦時中、軍人の言動には反発を覚えたという。「（精米するため）配給米を瓶に入れてついていると、『そんな暇があるなら、カライモでも作れ』と怒鳴りつけられた。私たちも必死だったのに」

挺身隊として出発する間際も、複雑な心境のままだった。湯前駅前であった見送りの式。町長や在郷軍人らがミカン箱のような演台から「皆さんは兵隊さんと同じ。

【女子挺身隊】　太平洋戦争下の女性勤労動員組織。戦争の長期化に伴う労働力不足を補うため、1943（昭和18）年９月に14～25歳の未婚などの女性の動員を閣議決定。44年６月には12～40歳未満に拡大。地域や職場ごとに構成され、軍需工場や農村などで働いた。45年３月、国民義勇軍に再編。動員された女性は50万人近くに上ったとされる。

頑張れ」と激励したが、「家族への思いが募り、腹立たしかったことを覚えています」。

このとき、湯前町から挺身隊に選ばれたのは5人。人吉高等女学校（現人吉高）を出た一つ年上の女性が隊長で、岩橋さんは副隊長に就くことになった。

乗り込んだ列車は八代を目指した。「球磨村からも挺身隊として乗ってくる人がいました」。八代駅に到着したときは「総勢9人になっていたと思います」。これが人吉女子挺身隊の第1期生だったという。

動員先は八代市井上町にあった三陽航機八代工場。部品造りを担当した。「翼の一部だと聞かされていましたが、何を造っているのかよく分かりませんでした」。その〝正体〟は海軍の艦上攻撃機「流星」の部品だった。リーダー格だった男性からそのことを知らされたのは戦後、工場で働いた人たちが集まったときのことだった。

●「流星」の翼を造って…

岩橋さんらが工場でまずやらされたのはハンマーを扱う練習。「そのざまじゃ分からんぞ。このへっぴり腰が」。作業に立ち会う傷痍《しょうい》軍人から、容赦ない言葉を浴びせられた。

湯前町の実家を離れ、寮生活を送りながら工場で仕事をする日々は厳しかったが、食べ物に関しては良い思い出も残っている。「寮では明けても暮れてもシャクの煮付けばかりだったけれど、寮長がおなかいっぱい食べさせてくれました」。近郊の農家に、ソラマメの買い出しに出掛けたこともあった。

岩橋さんは多良木実科高等女学校を既に卒業していたが、工場には八代高等女学校（現八代高）の現役生徒も学徒動員で来ていた。「その子たちとはあいさつを交わす仲になりました。ナオエさんという人もいましたね」。かすかな記憶に残る名前をたぐり寄せる。

八代工場で造られたとみられる「流星」の部品のうち、操縦席を覆う風防が今年2月、市民団体「熊本の戦争遺跡研究会」などの調査で確認された。

工場関係者が戦後も保管し、それを譲り受けた人が調査を依頼。同会などが元従業員の証言や、図面などと突き合わせた。「流星」に関する実物資料が国内で見つかったのは初めてで、マスコミでも大きく報じられた。「こんなものも造っていたんだ」。新聞記事に目を通しながら、岩橋さんはあの時代に引き戻された気がした。

八代で造られたさまざまな部品は長崎県大村市の第21海軍航空廠《しょう》などに送られ、「逆ガル型」という途中で上向きに曲がった主翼を持つ機体に組み立てられた。

その後、岩橋さんは海軍の一大拠点だった大村への「派遣隊」に選ばれる。防空頭巾を肩に掛け、日の丸の鉢巻き姿で向かったという。大村は戦争末期、米軍による空襲が繰り返され、市街地をはじめ大きな被害を受けていた。その光景を目にしたとき、「もう熊本には帰れないと覚悟しました」。

岩橋さんは無事に終戦を迎えるが、長崎へ投下された原爆の恐怖を体感することになる。

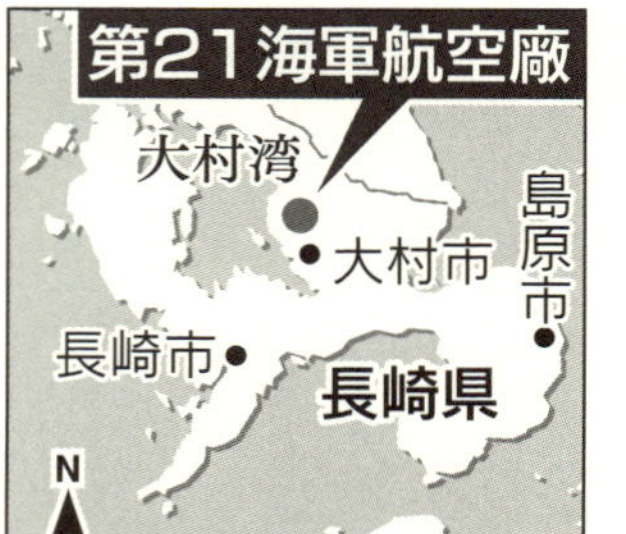

●工場から見たきのこ雲

大村市の第21海軍航空廠は東洋一といわれた飛行機製作工場で、広大な敷地に航空機の製造工場や補修工場などが点在した。中でも、海軍の艦上攻撃機「流星」などの組み立て工場は機密性も高かったとみられる。「私たちがいた別の作業場所とは運動場で隔てられていました」と岩橋さん。

航空廠は再三、米軍の空爆にさらされた。

1945（昭和20）年8月9日。「急いで避難しろ」。作業中に付いた油を小川で洗っていると、大きな叫び声がした。最も近い防空壕《ごう》へ入るため、普段は近づくことも許されなかった組み立て工場を目指して走れと言われた。

「伏せろ」。米軍機が低空で迫り、岩橋さんには搭乗員の顔が見えたという。訓練通りに肘で体を支えて伏せ、耳と目を指でふさいだ。その瞬間、脳裏に浮かんだのは「体調を崩していた父親の姿でした」。

無事だった。しかし、次の瞬間、「ドーン」とものすごい地響きが迫ってきた。昼間にもかかわらず、辺りは夕方のように暗い。およそ20キロ離れた長崎市方面へ目を向けると、きのこ雲が白く見えた。原爆が長崎の街を襲ったのだった。

長崎の惨劇を目にした岩橋さんは8月15日の玉音放送を大村で聞き、熊本へ戻る。汽車はすし詰め状態。線路が失われていた熊本～川尻間は夜にもかかわらず歩いた。暗闇の中、話す人は誰ひとりいない。そんな道のりをたどった末、実家のある湯前町へ。父貞市さんと再会し、「初めて父の涙を見ました」。

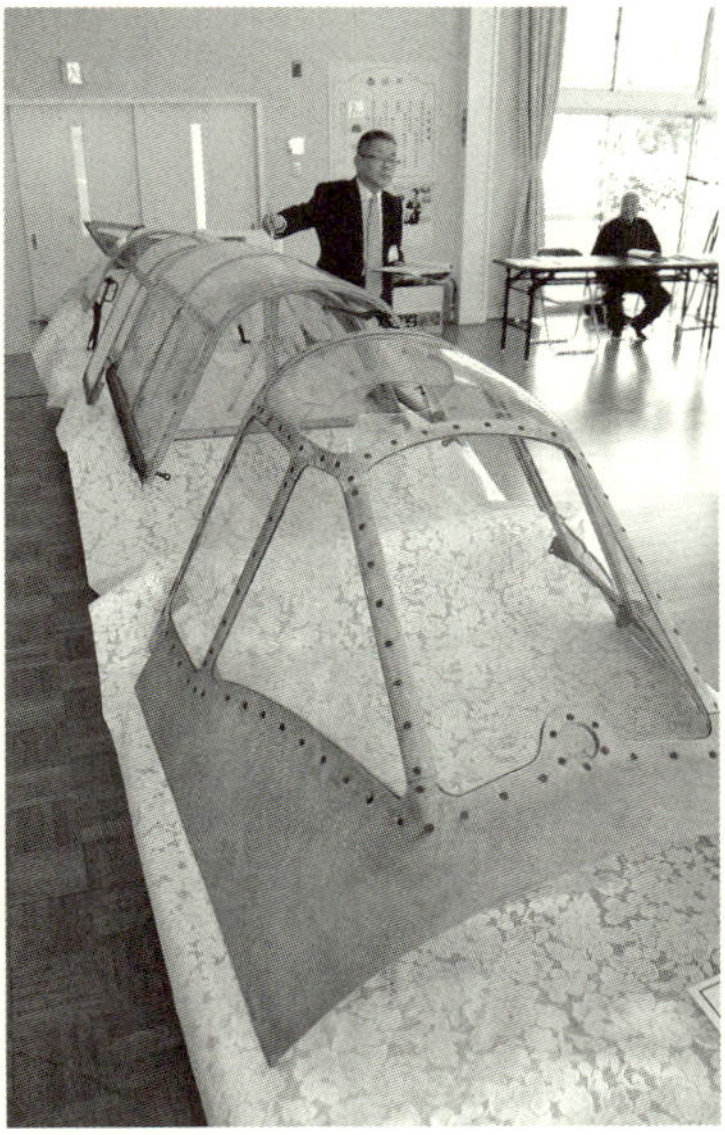
戦時中、八代市で造られた艦上攻撃機「流星」の風防

2年後、岩橋さんは夫桊《ゆたか》さんと結婚。桊さんは戦時中、中国の戦場で首筋から腰にかかるほどの傷を負い、さらに患ったマラリアの後遺症に長く苦しめられた。会社勤めの傍ら、剣道の指導者としても活躍したが、58歳で他界。「早くに亡くなったのも、戦争の影響だと思っています」と言う。
「戦争を二度と繰り返してはいけない」。平和への思いを岩橋さんは毎年、手帳の「8月9日」の項に書き込んでいる。
（2014年11月18～20日）

病身の姉との引き揚げ　林田　緑さん

＝熊本市東区上南部

朝、目が覚めた姉はそれっきり立ち上がれなかった。膝を立てて寝ていた、その状態で足はピクリとも動かない。「せき髄にウイルスが侵入したのかもしれない」。医師の説明を聞きながら事態の深刻さを悟った。一夜にして半身不随になった姉と、姉の幼子２人。「この先、３人を連れてどうやって日本に帰ればいいんだろう」。まだ15歳にも満たない林田緑さん（82）は中国・鞍山で途方に暮れた。戦争は終わり、既に年が明けていた。

林田さんは５人きょうだいの４番目。父直好さんが待つ満州（現中国東北部）のチチハルに、母トシさんら家族で移り住んだのは１９４２（昭和17）年初め。父親は土木設計が専門で、軍属として飛行場設営に当たっていた。熊本市内のデパートで洋服のデザイナーをしていた長姉の幸子さんだけが、遅れて海を渡った。

冬は氷点下30度を下回った。「父が庭に水をまいて氷のリンクを造ってくれた。外に明かりをつけて、夜もスケートの練習をしていました」。こんなこともあった。自宅の勝手口に、乳児がかごに入れて置かれていた。「子どもはかちんかちんに凍っていて。とてもかわいそうでした」。遺体は庭の隅に埋め、花を手向けた。

ほどなく、父は飛行場設営でフィリピンのネグレス島に向かった。現地から寄こす手紙には、こんな覚悟が記されていた。「もしも捕らわれることがあれば、自分は殺される前に自決する」。実際はどうだったか―。後に届いた戦死公報にはマンダラガンの山中で戦死とあった。

父の転勤を機に、家族はチチハルの官舎を出て日本に戻るが、林田さんはそのままとどまることになった。「みんなが帰ってしまうと寂しい。だれか残ってほしい」。満州で結婚した長姉からのお願い。母から〝指名〟されたのが林田さんだった。

軍属だった長姉の夫の転勤に伴って鞍山に移り、終戦もそこで迎えた。夫は戦後シベリアに抑留。長姉と4歳と2歳の子ども、林田さんの4人の生活が始まった。病魔が長姉を襲ったのもその頃。「私も家族と一緒に日本に帰っていたら、姉たちはどうなっていたか…」

長姉はクリスチャンで、信仰の友人らがよく見舞いに訪れた。「内地に帰れば、あなたの苦労は金鵄《きんし》勲章ものよ」。姉を献身的に支える妹を、そんな言葉で励ましてくれた人も。一緒に賛美歌を歌いながら、こみ上げる涙をこらえ切れなかった。

●半身付随の姉を抱え

終戦後、鞍山で半身不随の長姉とその2人の子どもを抱えることになった林田さん。4人が暮らす住まいにも、銃を持ったソ連兵が土足で上がり込んできた。

日本人から略奪した腕時計をいくつも巻いた太い腕。身の危険を感じながらも、林田さんは男たちと渡り合った。「珍しかったのでしょう。うちからは扇風機を持っていきました。他の人が暴行を受けたという話を聞くたび、自分は本当に運が良かったなと思います」。中国共産党の八路軍と国民党軍による市街戦も繰り広げられた。いつ帰れるともしれない不安な日々。髪を短く切り、男物の服装に身を包んだ。「密航船が出るらしい」。そんなうわさを聞き付け、姉を背負い、2人の子どもの手を引いて大連へ。学校の空き教室に転がり込み、その時を待った。

ある晩、トイレで目を覚ました。「真っ暗な中を歩いていて、ふと手が何かに触ったんです。それは紛れもなく

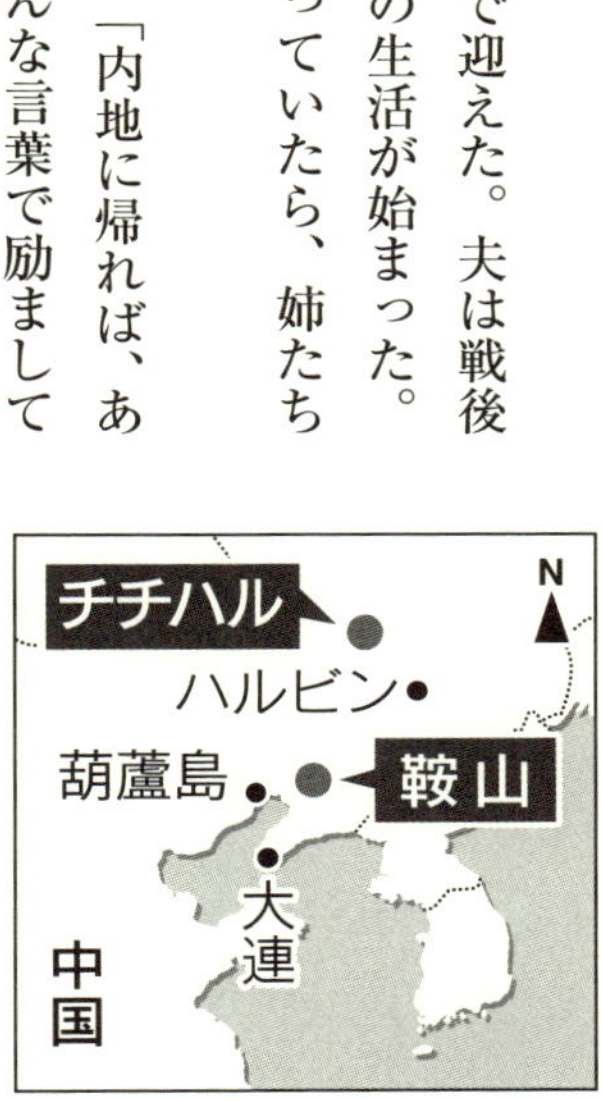

満州に渡る前に両親らと撮った記念写真。前列の左から２番目が林田緑さん、後列左端が長姉の幸子さん（本人提供）

リュックサックでした」。そのリュックを背負った人間が、林田さんの手を振り払って駆けだした次の瞬間、暗闇の向こうで乾いた銃声が響いた。誰が銃弾を放ったかは分からないが、翌朝、周囲の人たちの貴重品が盗まれていた。

密航船はいくら待っても来なかった。鞍山に引き返した46年9月、ようやく引き揚げ列車が出ることになった。ぎゅうぎゅう詰めの無蓋《がい》列車に、長姉たちと4人で乗り込んだ。

途中、ソ連軍の貨物列車と出くわした。「その時の屈辱の光景は、何年たっても忘れられません」。略奪品の上に悠々と腰掛け、食べかけのリンゴを投げ付けるソ連兵。矜持《きょうじ》をかなぐり捨て、そのリンゴに飛び付く日本の大人たち。脳裏に今も張りつく残像は、敗戦国の現実だ。

空腹に耐えながら、やっとの思いで葫《こ》蘆《ろ》島に到着。引き揚げ船に乗りさえすれば、夢にまでみた日本が待っていた。しかし、思いがかなうまでにはさらに時間が必要だった。

「病人がいる世帯は乗船も後回しにされたんです」。この間、日本人収容所にとどまりながら、いくつもの悲しみの出来事に直面する。

●誰もがぎりぎりの選択

46年9月、葫蘆島の収容所で日本への引き揚げを待つことになった林田さん。半身不随となった長姉ら病人は、一般とは別の場所に収容された。その長姉の隣に精神を病んだ女性がいた。

「子どもが4人もいるのに、病人がいれば船に乗せないと言われた。どうすればいいだろうか」。女性の夫の悩みに、長姉はこう助言した。「あなたたちだけでも日本に帰るべきです」

そして、男性は決断する。妻を近くの空き家に押し込め、外からドアや窓をくぎ付けにした。「その光景の悲しいこと。姉と一緒に泣きました」。ただ、それでも男性を責めるわけにはいかない。生きるために、誰もがぎりぎりの選択を迫られた時代だった。

「とてもかわいい子でね…」。長姉の2人の子どものうち、2歳の娘は「晴海《はるみ》」と言った。ある晩、激しい下痢に襲われ、あっという間に亡くなった。疫痢だった。

長姉は冷たくなった娘の体によそ行きの服を着せ、小さな木箱に納めた。娘が成人した時のために用意していた赤いルビーも、白い紙に包んで脇の近くに差し込んだ。長姉の無念が伝わってきて、林田さんの目から涙がこぼれた。

「遺体は中国人に埋葬を頼んだので、どこに埋められたかも分かりません」。もっと早く日本の土を踏んでい

【葫蘆島】 中国遼寧省南西部に位置し、半島の形がヒョウタン（葫蘆）に似ていることからこの名がある。太平洋戦争後、満州（現中国東北部）からの引き揚げ拠点となり、100万人を超える日本人が故国に向けて乗船した。

たら、死ななくて済んだのに…。今も悔しさがこみ上げる。

長姉とその4歳の息子と3人で病院船に乗り込み、葫蘆島から佐世保（長崎県）に着いたのは46年11月。長姉はそのまま大村（同）の病院へ。林田さんは母やきょうだいが身を寄せる木山（現益城町）に帰った。

長姉の足は元には戻らなかった。「大村から連れ帰る時、姉を背負って熊本駅の階段を上り下りしたことが忘れられません」。長姉はシベリア抑留から生還した夫とともに、夫の実家のある滋賀県で戦後を暮らした。

林田さんは19歳で結婚し、2人の子どもに恵まれた。電電公社（現ＮＴＴ）に一時期勤務し、華道を教えたりしながら、60歳になって上京。企業の寮で5年間、住み込みで働いた。

「母に頼まれ、姉と満州にとどまったために、数え切れない苦労もしました」。しかし、父の戦死後、女手一つできょうだいを育てた母には感謝の言葉しかない。枕元に置いた母の写真を眺めながら、平和に暮らせる日々をかみしめている。

（２０１４年11月26～28日）

戦場のテニアン島　仁 信秀さん

＝合志市幾久富

夜、飛行場に出掛けた父は朝方、変わり果てた姿で帰ってきた。「米軍の艦砲射撃で左腕がちぎれ、うー、うーとうなるたびに胸の傷から血があふれ出た」

その日のうちに息絶えた父を、仁《じん》信秀さん（81）は兄の山《やま》信《しん》二《じ》さん（86）＝米国在住＝と一緒に庭に埋めた。「ショックが大きく、悲しみさえ感じられない。ただただ無心で穴を掘った」。テニアン島での平和な暮らしに、突如やってきた戦争。当時、11歳の少年だった仁さんは現実をのみ込むことができなかった。

太平洋のサイパン島から南に8キロ離れたテニアン島。仁さんの父、福信《ふくのぶ》さんは1928（昭和3）年に鹿児島県から移住し、サトウキビの栽培を手掛けた。仁さんは33年、7人きょうだいの次男としてテニアンで誕生。農場経営は軌道に乗り、一家の暮らしぶりは豊かだった。食べ物に困ることもなかった。

島の大半はサトウキビ畑。子どもたちは畑やジャングルで敵味方に分かれ、戦争ごっこに熱中した。「マンゴーやバナナがおやつ代わり。子どもにとって楽園でした」。仁さんは振り返る。

そんな子どもたちの日常にも、戦争の影が忍び寄る。島には南洋諸島最大の海軍ハゴイ飛行場があった。44年6月、南太平洋を制圧した米軍は日本本土爆撃を見据え、

【テニアン島の戦闘】　1944年7月24日、陸海軍約8500人が守るテニアン島に、米軍約5万4千人が進攻。8月1日までに占領された。島はサトウキビ栽培と製糖業が盛んで、民間の日本人約1万6千人が暮らした。多くが戦闘に巻き込まれ、自決に追い込まれた住民もいた。

マリアナ諸島進攻を開始。テニアン島にも空襲や艦砲射撃が始まった。

駐留していた日本軍は島の製糖会社と軍民協定を締結した。民間人は義勇隊として駆り出され、父福信さんも飛行場の滑走路補修に動員。米軍が上陸する2日前の7月22日夜、作業中に艦砲射撃を受け、左腕切断などの重傷を負った。

仲間に運ばれ、家族のもとにたどり着いた父。「痛い、痛いと言っていましたが、やがて何もしゃべらなくなった」。避難場所は洞窟《どうくつ》で、手当てもままならない。やがて息を引き取ると、サトウキビを運ぶ牛車で自宅まで遺体を運んだ。

父の五十回忌を迎え、戦後初めてテニアン島を訪ねた。「父の遺骨は持ち帰ったが、あの時、左腕だけは洞窟の横に埋めてきたんです」。何とか探そうと試みたが、島に昔の面影はない。戦没者慰霊碑に酒を供え、冥福を祈った。

「サトウキビ栽培で成功し、家族を幸せにしたかったはず。父もさぞ無念だったでしょう」。仁さんは悲しみの表情を浮かべた。

●弟の泣き声で命拾い

米軍が太平洋のテニアン島に上陸した44年7月。島民は安全な場所を求めてジャングルの奥に逃れた。

数日前、米軍の艦砲射撃で父を亡くした仁さんの家族は、混乱のさなか散り散りになる。仁さんは母、2歳の弟と南部の洞窟に身を潜めた。

中には民間人と日本兵、合わせて40人ほどが避難していた。食料も水もなく、夜になると外に出て木の幹に付いた夜露をなめた。おなかを空かせた赤ちゃんが泣くと、兵隊が「敵に見つかる。外に出せ」と怒鳴る。その声

に、幼児を抱えた仁さんの家族も震えた。「思い出すと、今でも怖くて耳鳴りがします」

ある日の夕方、母親に「腹いっぱい水を飲みたい」とせがんだ。「殺されてもいい。なるようになれという気持ちだった」。島に1カ所しかない井戸を目指し、母、弟と洞窟を出た。

ジャングルは米軍の艦砲射撃で、はげ山になっていた。日本兵の死体が転がり、強烈な死臭が鼻に突く。「死体に群がる青バエのブーンという羽音が今も耳に残っています」

明け方近く、焼け焦げたサトウキビ畑を歩いていると、黒い影が動いた。

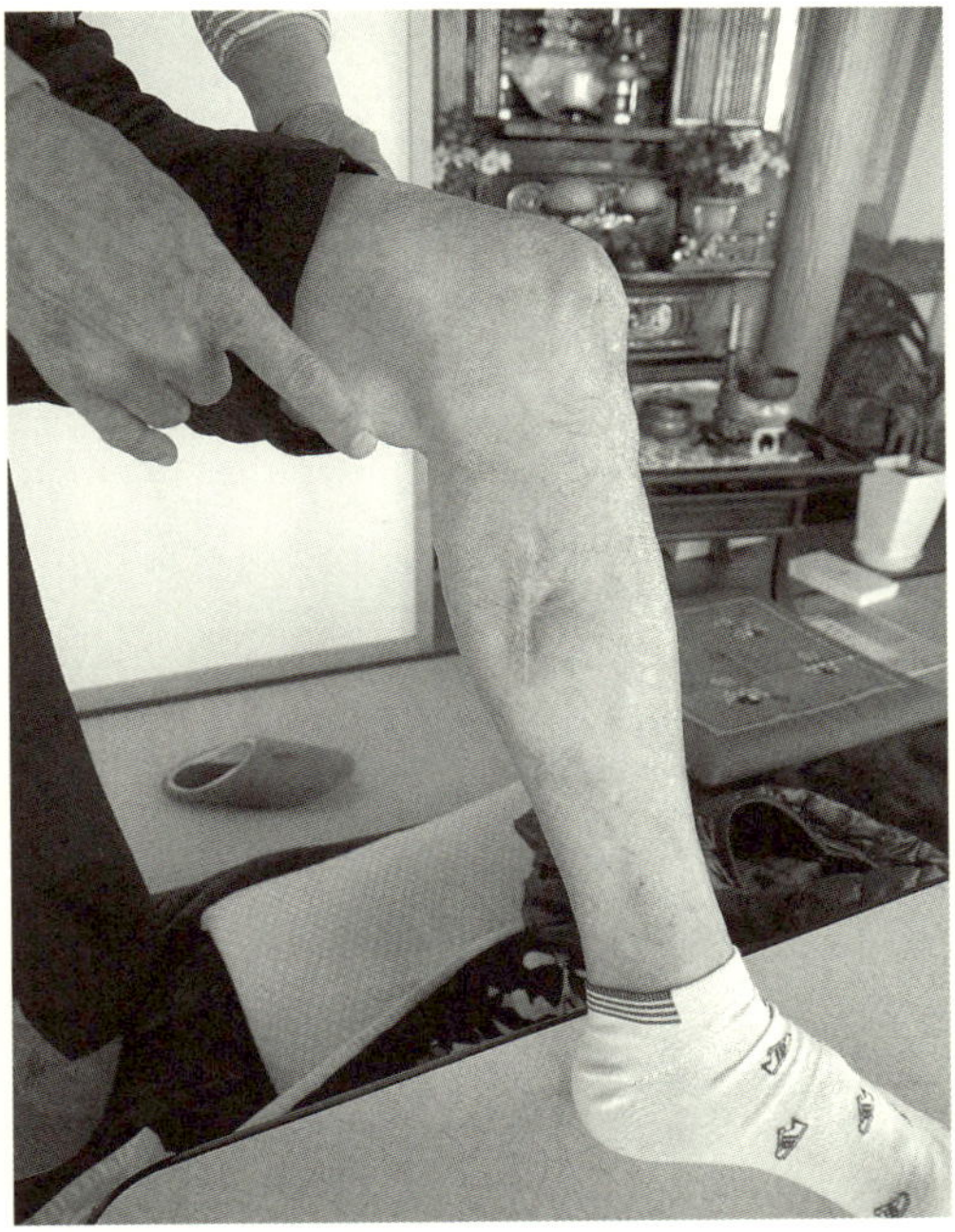
今も銃弾の痕が残る仁信秀さんの左ふくらはぎ

「米兵だ」

後ろの母に告げた瞬間、バンとごう音が響いた。気を失い、われに返ると体がしびれている。頭から順に確かめると、左ふくらはぎにヌルッと生温かい感触があった。母に向かって「逃げて」と叫ぶと、「私も歩けない」という返事。死も覚悟したが、銃撃はぱたりとやんだ。弟の泣き声を聞いた米兵が、民間人と判断したらしかった。

3人は米軍キャンプに収容され、仁さんと母は野戦病院で治療を受けた。屋外に寝そべって順番待ちをしていると、「信秀」と自分の名前が呼ばれた。顔を上げると、離れ離れになった兄の山信二さんが立っていた。妹も一緒だった。「生きていたんだ」。

兄弟は抱き合い、互いの無事を喜んだ。

46年3月、家族は神奈川県の浦賀に引き揚げ、その後、合志市の開拓地に入植。仁さんは船舶製造販売会社などに勤めた。

生まれ故郷の南の島で起きた戦争。「嫌な記憶で、思い出したくない」と多くを語ってこなかったが、77歳の喜寿を機に過去と向き合うことにした。

「私にしか分からない戦争の無残さを、後世に伝える責任があると思った」。記録を整理し、自分史をまとめた。もっと伝えたい―今は語り部としての活動を考えている。

（2014年12月10、11日）

特攻で逝った教え子　宮尾　立身さん＝玉名市横島町

〈最后《さいご》の便り致します。その後御元気の事と思ひます。幸雄も栄なる任務をおび本日出発致します。必ず大戦果を挙げます。桜咲く九段で会う日を待って居ります。どうぞお身体を大切に。弟達、隣組の皆様に宜敷《よろし》く。さよなら〉

家族にこんな遺書を残したのは陸軍特別攻撃隊「第72振武隊」の荒木幸雄さん＝群馬県桐生市出身。１９４５（昭和20）年5月27日、鹿児島県の万世飛行場から沖縄に向け出撃し、戦死。17歳と2カ月だった。

出撃を控えた隊員らを撮影した1枚の写真がある。あどけなさが残る飛行服姿の５人組。正面を見据え、真ん中で笑みを浮かべているのが「子犬を抱いた少年兵」として知られる荒木さんだ。

「そりゃ、優秀な生徒でね。飛行機の操縦もうまかった。みんなからかわいがられ、『おい、ゆきお』と呼べば、元気のいい返事が返ってきたのを覚えています」

教え子の思い出を語るのは、大刀洗陸軍飛行学校目達原教育隊（現佐賀県吉野ケ里町）の元教官、宮尾立身さん（90）だ。「いろんな写真がある中で、この子犬を抱いた1枚が一番本人らしいですね」。そう言って、有名になった写真を懐かしげに眺めた。

【万世飛行場】　特攻基地として有名な知覧飛行場から西へ約15キロの吹上浜（鹿児島県南さつま市）に、1944年末に建設。戦争末期のわずか４カ月しか使われず、「幻の特攻基地」といわれる。少年飛行兵ら約200人が沖縄に向け出撃した。現在、万世特攻平和祈念館が建つ。同館 ☎ 0993（52）3979。

宮尾さんは少年飛行兵（少飛）の第11期生。東京陸軍航空学校で軍人としての基礎教育を受け、41年、操縦者養成の熊谷陸軍飛行学校（埼玉県）に入校した。

「熊谷で一緒の班だった仲間たちも特攻で亡くなった。終戦後、そのことを知った時はつらかった。自分だけが生き残ってしまった気がして…」。少飛でも特攻死が多かったのは期の若い人たちだという。荒木さんは第15期生だった。

1年後、偵察要員になるべく、熊谷から岐阜県の第百十教育飛行連隊へ。「実戦機や実弾を使った訓練は緊張の連続でした」。通信筒を使った地上部隊との情報伝達や超低空飛行…。半年後、それぞれが第一線へと旅立っていった。

宮尾さんら同期6人は43年9月、南方の第3航空軍に転属。輸送船「志かご丸」で司令部のあるシンガポールを目指した。陸軍の部隊約1500人も乗船。船団を組み、台湾沖まで進んだ時、ごう音とともにすさまじい衝撃が襲った。米潜水艦の魚雷が命中した瞬間だった。

●夜の海に響いた軍歌

穏やかな月夜の晩だった。43年10月15日未明、台湾沖で魚雷の直撃を受けた志かご丸の船内は大混乱に陥った。

宮尾さんは甲板で涼んだ後、寝室で横になっていた。「ドーン」。衝撃音と同時に船体が大きく揺れ、部屋は真っ暗に。「やられた!」。はじかれるように、暗闇の中を甲板に駆け上がった。

戦況が緊迫する中、海上輸送には危険が付きまとった。「魚雷がいつ襲ってくるか分からない。船上では普段から避難訓練をやっていました」。船が沈没する時、誰がどこから飛び込むかもあらかじめ決まっていた。宮尾さんら教育飛行連隊出身の同期6人は船尾左舷。この時も訓練通り、全員が顔をそろえた。

「海に飛び込むタイミングも難しいんです」。攻撃を受けても船は惰性で進む。早すぎると船から離れ、救助艇から発見されにくい。遅すぎても、渦に巻き込まれて沈む船と一緒に海中に引き込まれるからだ。

混乱の中、宮尾さんは軍刀を取りに、いったん部屋に引き返した。その間にも船は傾いていく。「よし、いくぞ」。甲板に戻ると、意を決して6人一緒に夜の海へと飛び込んだ。

「その後はみんなバラバラ。生きるも死ぬも後は運を天に任せるしかない」。宮尾さんは目の前を流れるいかだに手を伸ばし、持っていたロープで自分の身体をくくりつけた。月明かりの下、志かご丸が水しぶきを上げながら海底に沈んでいった。

海原をさまよう兵士たち。どこからともなく軍歌が聞こえ、いつしか合唱となって夜の海に響き渡った。「死んでたまるか」。誰もが必死に気力を奮い立たせていた。しかし、時間がたつにつれ、寒さが体力を奪う。歌声はついに聞こえなくなった。

夜が明け、救助の駆逐艦が現場海域に到着した。「助かったんだ」。最後の力を振り絞って縄ばしごを上った。「船上で食べたおかゆのおいしかったこと。何年たっても、あの味と温かさは忘れられません」

駆逐艦は台湾の高雄に寄港。助かった同期6人は検疫を受けた後、タンカー「大鳥山丸」に乗り移り、10月末、シンガポールの第3航空軍司令部に到着した。

「大鳥山丸の機関長は天草の人でね。同じ熊本出身ということで大変よくしてもらいました」。魚雷を受け、大鳥山丸が沈没したのはそれから9カ月後。44年7月のことだった。

教え子が写った写真資料を手にもつ宮尾立身さん。5人組の若者の中央が荒木幸雄さん

●突然の内地転属

43年10月末、シンガポールに着いた宮尾さんは、マレー半島やシンガポールの飛行場などで夜間飛行などの訓練を重ねた。

教育飛行連隊出身の同期たちも一緒。2カ月後、司令部から突然の呼び出しがあった。「12月末に船が出る。おまえたちはそれに乗って内地に帰るんだ」。転属先は福岡県の大刀洗陸軍飛行学校。「ここまで来て、いまさら何で戻るんだ」。出かかった言葉をのみ込んだ。

不足する飛行操縦者を養成—重い任務を負って44年1月、それぞれが同飛行学校の分校に配属された。

目達原教育隊の教官となった宮尾さんは特別操縦見習士官（特操）に続き、4月から少年飛行兵の操縦教育などを担当した。その中に「子犬を抱いた少年兵」で知られ、特攻死した荒木幸雄さんもいた。

その後、大刀洗陸軍飛行場や各分校には戦闘部隊が常駐。「内地の飛行場は使えないので、飛行訓練は外地でやることになったんです」。そのため、宮尾さんは45年1月、飛行機をマレー半島に空輸する任務に就く。目達原から大陸経由で南下。米軍機の攻撃にさらされながらも、2カ月後、目的地に着いた。

8月になると、宮尾さんも特攻隊に名前が上がった。「七《しち》生《しょう》昭《しょう》真《しん》隊《たい》」。しかし、編成前にまたも飛行機の空輸を命じられ、シンガポールのチャンギ飛行場へ。「今思うと、あの飛行機も爆装し、特攻機に使うつもりだったのだろう」。終戦もそこで迎えた。

捕虜の身となった宮尾さんはジャングルの伐採などの労役を強いられた後、47年8月に復員。戦後は農機具販売やゴルフ場の顧問などを務めた。

この間、荒木さんの出身地である桐生市を訪ね、墓参りを果たした。特攻死した命日の5月27日には必ず手を合わせ、兄精一さん（88）＝同市＝とも交流を続ける。

毎年欠かさず訪れる場所がある。知覧特攻平和会館（鹿児島県南九州市）だ。二度と帰ることのなかった特攻隊員の遺影の中に、少飛の同期や教え子たちの見知った顔がいくつもある。「今年もやって来たぞ」。一人一人に語りかけ、気持ちを新たにする。

「若者たちが命を懸けて守った日本を、あの時代に戻してはならない」

（２０１４年12月23、25、26日）

ソ連参戦に脅え…　福原　芙美子さん ＝合志市幾久富

ドンドンドン―。ノックの音にドアを開けると、目の前に大柄な2人のソ連兵が立っていた。酔っぱらった将校とピストルを構えた下士官。「驚いて声も出ず、凍り付きました」。当時14歳だった福原芙美子さん（84）の記憶だ。

1945（昭和20）年、満州国（現中国東北部）の首都・新京（現長春市）で終戦を迎え、2カ月ほど過ぎた夕方のことだった。ソ連兵はそのまま家に押し入ってきた。

ピストルを突きつけられ、兄の重男さんの幼い子ども3人も含め家族全員、窓際に正座させられた。相手は早口でしゃべっているが、何を言っているのか分からない。「殺される…」。怖くて怖くて、隣に座る父太市さんの膝を握って震えていた。

当時、満州に侵攻したソ連兵による略奪や女性への暴行が日常化していた。「相手を確かめるまで絶対にドアを開けるな」と言われていたのに、外出していた兄が帰宅したものと思い込み、うっかり開けてしまったのだった。

知り合いの女性が暴行を受け、気がふれたようになったとのうわさも聞いた。暴行を受けそうになった時は口に含むよう青酸カリが自宅に用意してあったが、「頭が真っ白になって、思い浮かびませんでした」。

【新京】　日本が1932年3月に建国した満州国の首都。現在の中国・長春市。新京商工公会刊「新京の概況」によると、42年4月時点の人口は約65万5千人で、うち日本人（朝鮮人含む）は約14万8千人。日本人移民のほか、満州国各地から移住者が集まり、奉天（現瀋陽）、ハルビンに次ぐ都市となった。関東軍の司令部も置かれた。

どれくらい時間がたったのか。ソ連兵は、大島紬《つむぎ》や義姉の婚礼衣装、置き時計などを奪い、両手いっぱいに抱えて出ていった。ドアが閉まった瞬間、安堵《あんど》とそれまでの恐怖とで全身の力が抜けた。

福原さんは佐賀県川上村（現佐賀市）出身。高等女学校1年の時に母を亡くし、44年12月、新京の郵政局に勤めていた20歳上の兄を頼って父と渡満。兄の家族と官舎で暮らしていた。当初、新京の街は戦時中と思えないほど平穏で、食糧事情も良かった。編入した女学校にはスチーム暖房が入っていた。

しかし、45年8月9日のソ連参戦で状況は一変。街は爆撃を受け始めた。疎開が決まり、官舎のほかの住人たちと郵政局に集まったのが8月15日。朝出発する予定が「お昼に重大発表がある」と言われ、そのまま待機。ラジオから流れる天皇陛下の声で敗戦を知った。

日本が負けたと分かった途端、現地人の反乱が起き、日本人街への銃撃が始まった。郵政局の建物にも銃弾が降り注いだ。銃撃が収まるまで3日間、一歩も外に出ることはできなかった。

●置き去りの病人、子ども

敗戦後、福原さんは新京で、父と、兄の家族と身を寄せ合って暮らした。「兄は、一家の大黒柱として何とか家族を養わなければと必死だったと思います」

敗戦で仕事を失い、食べ物もない。兄はどこからかレンガを調達してきて窯を造り、カンパンを焼いて売ってはお金に換えた。郵政局時代の部下たちと、うぐいすもちなどの菓子も作って売った。

46年夏、やっと引き揚げが決まった。荷物を詰めるリュックもないので、義姉が帯を解いて帯芯を縫い合わせ、数日間かけて手作りした。福原さんも眠い目をこすりながら手伝った。

出発は中心部の新京駅ではなく、隣の小さな駅からだった。「敗戦国の日本人は、新京駅は使えないという話でした」。引き揚げ者が乗るのは屋根のない、無蓋《むがい》車と呼ばれる貨車。座席はなく、人でぎゅうぎゅう詰めの車両はひどく揺れた。

福原芙美子さんの父太市さん（右端）と兄の重男さん（左端）＝1935年ごろ、満州国・新京（本人提供）

一番つらかったのはトイレだ。「何両かに一つ、仮設トイレがついていましたが、狭い上に揺れるので使いづらかった。車両間を移る時も、振り落とされないかとひやひやしました」。途中の駅で止まった時、ある者は飛び降りて用を足した。「発車に間に合わず、その場に取り残される人もいました」。中国人が売りに来た肉を食べ、食中毒になった人も。

列車に揺られること約1週間。日本への引き揚げ船が出る葫蘆《ころ》島に着いた時には皆、疲労困憊《こんぱい》だった。

港へ向かう途中、つらい光景を目にした。担架に乗せられ、道端に放置された日本人男性。ハエがたかった体がわずかに動き、まだ生きていた。

同じく置き去りにされたのか、4～5歳ぐらいの小さな子どもが、ひとりぼっちで道に座り込んでいるのも見た。子どもは泣く元気さえないのか、うつろな目で虚空を見つめていた。

大勢の引き揚げ者が港を目指して歩いていたが、取り残された病人や子どもたちに手を差し伸べる人はいなかった。

「私たちもそうでした。かわいそうでしたが、皆、自分のことで精いっぱいだった。自分たちの明日の命さえ分からない。どうしてやることもできなかった」

●船内の生と死

46年8月、福原さんと家族は葫蘆島から日本への引き揚げ船に乗り込んだ。港に着いたものの時化《しけ》で船が出ず、1カ月ほど馬小屋のような場所で足止めされた。ようやく出港した時は終戦から既に1年がたっていた。

引き揚げ船は日本の大きな貨物船。長い階段を船底まで下りた。手足が伸ばせるだけ無蓋車よりましだったが、トイレは甲板にしかなく、長い階段を上り下りしなくてはならない。「体の不自由な人や高齢者にはつらい船旅でした」

やっとの思いで引き揚げ船に乗ったのに、祖国を目前にして力尽きる人もいた。遺体は布でくるみ、甲板から海中に落とす。船はボーッ、ボーッと汽笛を鳴らしながら、遺体が落ちた辺りを2、3回旋回。それが葬送の代わりだった。

一方で、新たな命の誕生もあった。引き揚げ者の一人が船内で女の赤ちゃんを生んだ。過酷な引き揚げの旅路で、それは心に明るい灯がともるようなニュースだった。

「船内で女の赤ちゃんが生まれるのはとても縁起がいいそうで、その日は特別のごちそうが出ました」。ふだんの食事はカンパンと、たまに具のないスープが付く程度。その日はスープにワカメが入っていた。大喜びで食べた。

出港から1週間後、引き揚げ船は福岡・博多に到着。港には大勢の米兵がいた。日本の土を踏んでホッとしたのもつかの間、福原さんの脳裏に恐怖の記憶がよみがえった。「自宅に押し入ったソ連兵の姿が米兵と重なって見え、恐ろしかった」。日本人女性が米兵と腕を組んで歩いているのを、信じられない思いで見つめた。

今年の夏で、終戦から70年。長い年月がたったが、ピストルを突きつけられた時の恐怖や、おなかをすかせたつらい記憶は今も消えない。福原さんは難を逃れたが、ソ連兵に暴行され、望まない子どもを身ごもった女性もいた。24歳で結婚した夫の幸介さんはシベリア抑留を経験。そのつらさゆえか、当時の体験は妻である福原さんにさえ、あまり話したがらなかった。

「戦争は本当にむごいもので、しわ寄せは弱い者に来る。決して繰り返さないでほしい」。この先も「戦後」が続くことを心から願っている。

（2015年1月6～8日）

軍都の銃後　西釜　三千男さん＝熊本市中央区大江

ザッ、ザッ、ザッ、ザッ…。静まり返った夜間、自宅前の道路に革靴の音が響き渡った。「兵隊さんが出征しているんだ」。西釜三千男さん（81）は幼いころから軍隊が身近だった。

軍都・熊本―。大江地区には戦前・戦中と歩兵第13連隊など陸軍第6師団の部隊が駐屯。西釜さんの自宅は同連隊の道向かいにあり、起床ラッパに始まり、就寝ラッパで終わる〝兵隊さんのまち〟で育った。

大江国民学校2年だった1941（昭和16）年12月8日、日本軍の真珠湾奇襲で太平洋戦争が始まる。「負け知らずの日本。ロシア、支那（中国）の次は、アメリカだ」。祖国のために命を張る兵隊が頼もしく、予科練に入って海軍将校になるのが夢だった。

43年夏のこと。隊列を組んで訓練から戻った連隊員が自宅前に差しかかった。正門まで残り約150メートル。訓練の疲れと暑さのためか、10人ほどがバタバタと倒れた。将校は見て見ぬふり。「兵隊さん。頑張ってー」。近所の人が倒れた隊員らに駆け寄り、水を飲ませたり、体を拭いたりして介抱した。

正気に戻った隊員らは起き上がって「ありがとうございました」と敬礼し、次々と部隊に走って戻った。しかし、3人は最後まで意識が戻らず、そのまま息を引き取った。「戦時中とはいえ、隊員の扱いは消耗品同然だった」。忘れられない記憶だ。

【大江地区の陸軍部隊】 戦前から陸軍第6師団（司令部・熊本市）の中核をなした歩兵第13連隊をはじめ、野砲兵第6連隊、騎兵第6連隊、工兵第6連隊がそれぞれ駐屯。広大な練兵場もあり、隊員は最大約7千人に上った。中国戦線からブーゲンビル島に派遣され、多くの戦死者を出した。

ガダルカナル島の撤退、アッツ島やサイパン島の玉砕など追い詰められる日本軍。空襲警報が鳴った日、自宅庭の防空壕《ごう》から1人で抜け出し、ムクの木に登った。遠くの健軍飛行場は急降下する米軍機の攻撃にさらされ、煙が上がっていた。

突然、背後からグラマンの爆音が聞こえた。「危ない」。慌てて飛び降りた。直後に約80メートル先の弾薬庫近くで爆弾がさく裂。自宅の板塀に爆弾の破片が突き刺さった。「こらっ、何ばしよるかー」。父親の怒鳴り声が飛んだ。板塀には数十個の小さな金属片が刺さり、血のりがべっとりと付いていた。

「ほら見てみろ。これはな、弾薬庫を警護しとった兵隊さんの血タイ」。父茂吉さんが静かに諭した。初めての空襲体験。恐怖で体の震えが止まらなかった。

大江地区の陸軍施設

●「死んだと思ったぞ」

「上陸してきた米兵は竹やりで突き刺すんだ」。古参兵らが神社の境内に集まった女性や子どもにげきを飛ばす。みんな一斉に「やあー」と叫び、両手で持った竹やりを思いっきり突き出した。

戦況が悪化するにつれ、厳しさを増す竹やりや消火訓練。西釜さんの自宅玄関脇にも、約2メートルの竹やりが5、6本立て掛けてあった。

金属もゴムも貴重だった。「ゴム靴の布が破れた際、古くなったゴム底を学校に持っていかなければ新品と換えてもらえなかった」。大工だった父茂吉さんは、焼け跡から古くぎを抜いては真っすぐにして使い回した。

学校には焼き米や塩などの非常食と、包帯を入れた救急袋を必ず持っていった。空襲時に爆風から目や耳を守るため、両手の親指で耳をふさぎ、人さし指と中指で目を押さえて地面に伏せる訓練も繰り返した。

「空襲が激しくなっても、日本が負けるとは思わなかった」。新聞もラジオも学校の教師も、日本の戦果だけをことさら強調し、だれも真実を教えてくれなかった。耐え忍べばいずれ勝つ―そう信じて疑わなかった。

45年を迎えて間もないある日、空襲警報が鳴り響いた。「俺は残るから、おまえたちは逃げろ」。父親の指示で、西釜さんは母親と兄弟で近くにあった練兵場の防空壕へ。水でぬらした布団を頭からかぶって避難した。

一夜明けると、一面焼け野原。自宅だけ燃えずに残っていた。家の中では父親が泣いていた。「何で早く戻ってこんか。てっきり死んだと思ったぞ」。そう怒鳴りながらも、その顔には再会を果たしたうれしさがにじんでいた。

自宅は残ったが、焼夷弾《しょういだん》の鉄の重りが屋根を直撃。床板まで貫通していた。畳を1カ所に集めていた父親は担いでいた畳に重りが当たったため、直撃を免れた。「まさに生と死が紙一重」。子飼橋通り沿いの家屋は多くが焼け、くすぶっていた。黒焦げの焼死体がいくつもあった。

その年、西釜さんは弟と2人で今津村（現上天草市松島町）の母方の実家に疎開した。食料は乏しく、釣ったフナを開いて干物にして空腹を満たした。

●国力の差に衝撃

泳いでいた10メートル先の海面に、次々と水しぶきが上がる。島陰から突然現れた米軍機グラマンが超低空で迫り機銃掃射。パイロットの顔が見えるほどの近距離だった。

45年夏、今津村に疎開した西釜さんは、弟やいとこと4人で海水浴を楽しんでいた。近くの船に乗っていた漁民も慌てて海に飛び込んだ。海から上がり、必死で松林に逃げ込んだ。幸いグラマンは戻って来なかった。はるか上空を飛ぶB29の編隊も見掛けた。「銀色に光った機体からブォーンと響くエンジン音が何とも不気味だった」。ある日、もくもくと立ち上る巨大な雲を目撃した。「いったい何の雲だろう」。後から長崎原爆のきのこ雲と分かった。

子ども用に仕立てた陸軍大将の軍服や軍刀を身につけた西釜三千男さん（左）＝1938年5月（本人提供）

終戦後、熊本市に戻って衝撃を受けた。進駐してきた米兵はみなジープやトラックで移動していた。特に計10個の車輪がある大型トラックは「十輪《じゅうりん》」と呼び、羨望《せんぼう》の的だった。米軍将校にもらった缶詰やチョコレート、チューインガムの味は今も忘れられない。

「米軍はこんなにおいしいものを食べ、こんな立派な車に乗っていたのか。ほとんどが歩きで、食料も事欠くような日本が勝てるはずがない」。アメリカとの圧倒的な国力差を思い知らされた。

県立工業学校（現熊本工高）を卒業後、福岡県内の建設会社を経て、55年に西釜建設を設立した。戦後の復興から高度経済成長期にかけて、

「豊かな日本にしたい」と住宅やアパートなどの建設にまい進した。

大江の自宅庭には98年、実際より約10メートル離れた場所に防空壕入り口跡の記念碑を設置した。「家族みんなで防空壕に避難した悲しい戦争の記憶を、子や孫たちに伝えたかった」。その思いを口にする。

長年、自民党を支持してきたが、閣議決定された集団的自衛権の行使容認や特定秘密保護法については首をかしげる。

「まさに戦前に戻ったようだ。原爆をはじめ悲惨な戦争を経験した日本の使命は、地球上から戦争をなくすことではないのか」。時代を憂える目は力強かった。

（2015年1月14〜16日）

満州の電話交換手　丸岩 文子さん

＝人吉市瓦屋町

終戦から数日たったある日の夜。旧満州にあった満洲電信電話株式会社の延吉電報電話局（現吉林省延吉市）の寮に、自動小銃を抱えたソ連兵2人が押し入った。電話交換手だった丸岩文子さん（87）は「コツ、コツ」という足音に気付き、無我夢中で高窓から飛び降りた。

はだしで必死に駆け、男性職員の部屋に窓から引っ張ってもらい、布団の中に身を隠した。「もし捕まっていたらどうなっていたか…」。今も当時の恐怖がよみがえる。

山江村生まれで、10人きょうだいの5番目。１９４１（昭和16）年に尋常高等小学校高等科を卒業後、教師の勧めもあり、15歳で満洲電電に就職した。「徴用されるより良いと思ったし、都会で育った人たちと肩を並べたかった」。母親は最後まで反対したが、押し切った。

延吉電報電話局には当時、交換手約40人が在籍。多くは日本から来た若い女性だったが、中国人や韓国人もいた。15台ほどの交換台がずらりと並び、ひっきりなしにかかる電話を繋《つな》いだ。

忙しくて、対応に手間取った時には「何をしているんだ」「早くしろ」と電話の主が声を荒らげることも。夜になると、軍人から雑談を持ちかける電話もかかってきた。「彼らもきっと寂しかったんでしょう」

【満洲電信電話株式会社】　1933年に設立された日満合弁の国策会社。満州国で電信、電話、ラジオ放送の通信事業を独占的に経営した。本社は新京で、大連や牡丹江など各地に管理局を置いた。終戦後、ソ連軍による接収で事実上消滅したとされる。

ただ、交換手は通信を漏らさないよう、普段から外部との会話が制限されていたため、雑談にも一切応じなかった。

そんな延吉での約4年に及ぶ生活。「空襲に遭うこともなく、戦時中という気はしなかった。仕事も充実していた」。しかし、終戦を境に取り巻く状況は一変する。

「早く逃げるぞ」「××に集まれ」。交換業務をしながら、軍人や警察とみられる男たちが電話で話す声が漏れ聞こえてきた。断線したのか、ある時から局に電話がかからなくなった。しばらくして終戦を知った。

昼夜を問わず、会社や寮へ押し入ってくるソ連兵。恐ろしくて、職員は身を寄せ合って過ごした。仲間が連れ去られそうになった時には、全員で「ギャー」と叫び声を上げてひるませた。

情報はいっこうに入ってこない。日本や会社は今、どんな状況なのかー。10月、職員と家族ら約50人で、満洲電電の本社がある新京（現長春）を目指した。「日本に生きて帰る」との強い思いで。

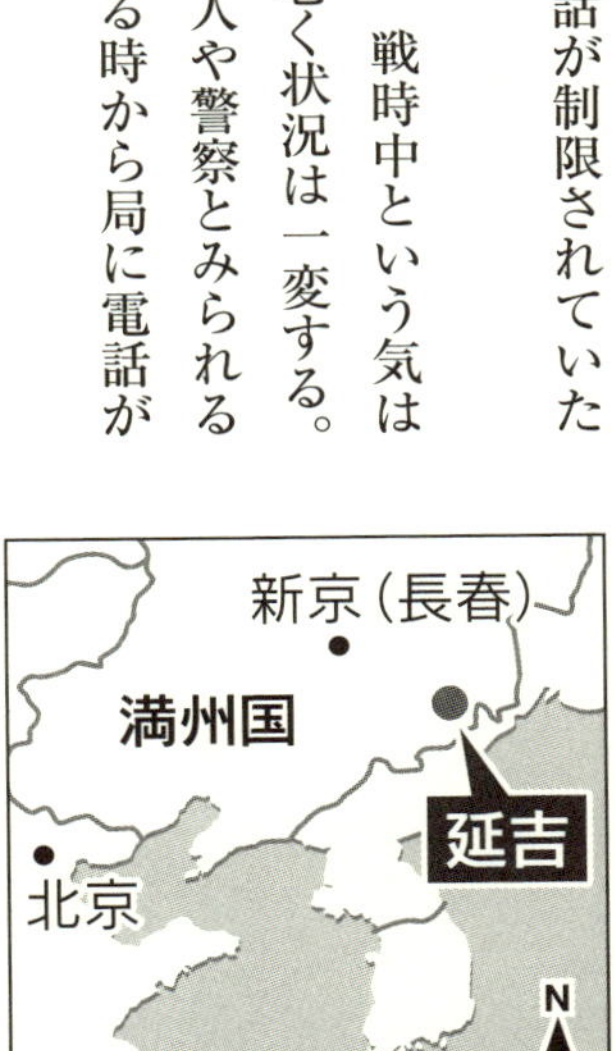

●「ここで私も死ぬんだ」

新京に向けて出発した丸岩さんらは、満州鉄道の延吉駅でいきなり足止めを食らう。駅前広場での執拗《しつよう》な身体検査。どれだけ待っても汽車が出ず、日が暮れると貨物倉庫に押し込まれた。

その日、ソ連兵が女性を求めて倉庫に押し入ってきた。丸岩さんは当時18歳。「何も知らない少女たちを差し出すわけにはいかない」。そう言って、リーダー格の職員らが20～30代の女性2人を説得した。

2人はしばらく抵抗していたが、覚悟を決めてソ連兵の方へ歩いていった。「何とか無事で…」。みんなが祈った。しかし、夜が明けても姿を見せることはなかった。うつむきながら連れ去られていく2人の後ろ姿が、丸岩

日本に引き揚げてから20数年後に集まった延吉電報電話局の元職員ら。最前列右から３人目の男性の右後ろが丸岩文子さん（本人提供）

さんのまぶたに焼きついている。

翌朝、汽車が出発した。男装し、頭を刈り込んで飛び乗った。外から目につかないよう隠れて座った。

やっとの思いでたどり着いた新京。満州全土から集まった日本人であふれ、病気や栄養失調で亡くなった子どもたちが学校の空き教室に並べられていた。「よく見ておきなさい。あなたたちもこんなふうに死んでいくんだよ」。近くにいた男性が冷たく言い放った。

唯一の頼りだった本社も業務は止まっていた。空き家を見つけ、若い職員7人で生活を始めた。「いつ帰れるのか分からず、不安で押しつぶされそうだった」。中国人が経営する雑貨店や家の手伝いをしながら、必死に食いつないだ。

衛生状態は悪く、冬場に発疹チフスを発症した。40度の高熱が1週間ほど続き、視力が弱まっていく。「ここで私も死ぬんだ」。覚悟を決め、ついに意識を失った。隣に住んでいた医大生に強心剤を打ってもらい、周囲の懸命な介護で一命をとりとめた。

葫《こ》蘆《ろ》島から船に乗り、日本に引き揚げたのは終戦から

1年近くたった46年7月。それから20年ほどたった時、元職員ら約100人で「延吉会」を結成した。全国に散った仲間が数年に1回、当時の思い出や近況を語り合ってきた。

会員の高齢化などで、全国規模の交流会は5年ほど前に終了。県出身者を中心にほそぼそと交流を続けてきたが、それも昨年10月で終止符を打った。

「青春時代をともに過ごし、家族のような存在だった。とても寂しい」。再び祖国の土を踏むことができなかった仲間たちを思い、ぽつりとつぶやいた。

「戦争をやって良いことなんて、何一つない」

（2015年1月21、22日）

看護婦生徒教育隊　桟敷野トメ子さん＝菊池市玉祥寺

「命は惜しくありません」

看護婦になるための口頭試問。桟敷野《さじきの》トメ子さん（87）は試験官の前で力強く答えた。試験に受かるための虚勢ではなく、心の底から出た言葉だった。

大分県境に近い菊池市穴川地区の出身で、6人きょうだいの末っ子。地元の尋常高等小学校高等科を卒業後、熊本市の簿記学校を経て千徳百貨店に就職した。

「陸軍が看護婦の養成をするらしかよ」。市内の陸軍病院で看護婦として働いていた三つ上の姉から受験を勧められたのは、百貨店で勤務を始めて2年ほどたった頃。「もともとお国のために奉公したかった。戦地に行くとしても何の迷いもありませんでした」。そうした思いが、「命は惜しくありません」という覚悟のひと言になった。

1944（昭和19）年11月。合格を手にした後、第6師団司令部（熊本）から「広島第一陸軍病院看護婦生徒教育隊」への入隊を命じられた。熊本をたつ時、空襲警報が発令されていたが、軍属証明書を持っていたため、熊本駅に通じる道を通してくれた。

教育隊1期生は120人で、うち九州出身は10人。20人ずつ6班に分けられた。

午前6時に起床し、点呼の後、みんなで軍人勅諭を斉唱した。「一つ、軍人は忠節を尽くすを本分とすべし。一つ、軍人は礼儀を正しくすべし…」。70年たった今も、脳裏に五カ条が張りつく。朝食前には行軍もあった。「今の原爆ドームの下を毎朝通っていました」

教育隊では包帯の巻き方など看護の基礎的知識のほか、経理や防諜、護身術、なぎなたなども教わった。「遺体の解剖に立ち会い、ホルマリン漬けの手足も見た。夜に思い出して寝付けないこともありました」。日曜日には軍のトラックで郊外に向かい、兵士たちと山を開墾。カライモを植えたことも。

45年3月以降、広島第一陸軍病院で病棟実習に入り、各科を回った。次々と運ばれてくる負傷兵。結核病棟に入院していた将校も、翌日には亡くなっていた。

「この戦争、日本は本当に勝つんだろうか」。桟敷野さんの心の中に、大きな疑問が芽生えた。

●広島離れ、5日後の原爆

桟敷野さんには気掛かりなことがあった。6人きょうだいでただ一人の男。中国の戦場にいる長兄、玉喜さんの存在だった。

兄に召集令状が届いたのは、桟敷野さんが広島第一陸軍病院看護婦生徒教育隊に入隊する2カ月前の44年9月。熊本の部隊に所属し、いよいよ出発という日に面会に出掛けた。「山は売るんじゃないぞ」。そう言って涙ぐむ兄。突き立てた3本の指は「3年で帰る」という意味だと受け止めた。

病棟実習の時、兄の安否が気になって入院中の兵隊に尋ねた。「南方だったら危ないだろうが、中国なら心配はいらない」。返ってきた言葉に胸をなで下ろした。

しかし、この時、兄は既にこの世にいなかった。出征からわずか3カ月後の同年12月2日に戦死。それから6日後の8日、桟敷野さんは不思議な体験をする。

【広島第一陸軍病院、第二陸軍病院の原爆被災状況】 現在の広島市基町地区にあった。広島原爆戦災誌によると、両病院合わせ、入院中の軍人患者550人が即死し、重軽傷者は900人に上った。病院職員も738人が死亡し、約200人の重軽傷者を出した。

その日は、太平洋戦争の開戦日にちなんで設けられた大詔《たいしょう》奉戴《ほうたい》日《び》。朝食後、水洗いしていた陶器の茶わんが突然、二つに割れたのだった。「今思えば、『3年で帰る』と言っていた兄が、無念の死を知らせに来たのかもしれません」

病棟実習を続けていた45年7月31日夜、「九州の者はいますぐ、自分の県の陸軍病院に帰れ」との命令が下った。夜行に飛び乗り、1日から熊本第一陸軍病院（現国立病院機構・熊本医療センター）で実習を継続した。

広島に原爆が投下されたのは5日後の8月6日。「広島にいたら、私の命もなかったでしょう」。広島第一陸軍病院は爆心地から約800メートルの距離。病院は倒壊・炎上し、多くの患者や病院職員が犠牲になった。

熊本市も同10日、7月に続いて大空襲に見舞われた。次々と運ばれてくる負傷者。「薬を塗ってやるぐらいのことしかできず、人によっては水泡が茶わんの大きさぐらいありました」。家族の名前を叫びながら息を引き取った人も。涙がこみ上げた。

終戦をはさみ、46年に武男さん（故人）と結婚。3人の子どもに恵まれ、菊池市内の病院で96年まで約30年間、看護婦として働いた。

自宅居間には引き伸ばした広島の看護婦生徒教育隊時代の集合写真が額に入れて掲示してある。「この中にも原爆で亡くなった人がいるかも…」。自分たちだけ助かって—断ち難い思い。毎朝、写真に手を合わせている。（2015年1月27、28日）

広島から熊本第一陸軍病院に戻った時の桟敷野トメ子さん（本人提供）

ビルマの飛行場大隊　田村　政喜さん＝菊陽町

「幾度も〝奇跡〟で命を拾い、病に倒れた時も現地の少女たちに看病してもらった」

田村政喜さん（93）にとって、ビルマ（現ミャンマー）での戦時体験は幸運の連続だったという。

熊本市の自動車修理工場に勤めていた1942（昭和17）年6月に徴兵検査を受け、翌43年に陸軍入隊。21歳だった。親戚に送り出される際、「生きては帰ってくるな」とげきが飛んだ。「国のために尽くせという激励と受け止めた。戦死する覚悟でした」

陸軍菊池飛行場（菊池市）の航空教育隊を経て、44年4月、英軍との激しい攻防が繰り広げられているビルマへ。点在する飛行場を管理する飛行場大隊に配属された。「そのころに始まった『インパール作戦』を後方支援する部隊の一つだった」と記憶している。

駐留したビルマ中部シュエボの飛行場は、陸軍の飛行機が中継地として使った。田村さんら隊員のほか、現地住民を雇い、滑走路の清掃などをさせたという。

「最初の奇跡」は赴任して1カ月もたたない日だった。朝、一人で滑走路にいると、上空に英軍の爆撃機が突如現れた。とっさに地面に身を伏せる。その2～3メートル先で爆弾がさく裂した。

生死を分けた数メートルの距離。「助かったのは、運としか言いようがない、ほっとし

【インパール作戦】　太平洋戦争中、ビルマ（現ミャンマー）を占領した日本軍が1944年3月から7月にかけ、インド北東部のインパール攻略を狙った作戦。連合国軍による中国への物資補給路を断つのが狙い。飢餓や感染症などで約3万8千人が死亡したとされる。

た。爆撃後、薬品のような臭いが充満していたのを覚えています」

田村さんはシュエボなど2カ所の飛行場を担当。現地の仏塔・パゴダに寝泊まりしたこともあったという。

その年の夏、高熱で倒れた。デング熱と診断され、宿舎で20日ほど静養した。この間、隊の世話に来ていた現地の14～15歳の少女3人が、交代で看護してくれた。トイレに行く際に肩を貸したり、ぬれたタオルで額を冷やしたり…。「片言の日本語を話し、いつも笑顔でした」

少女たちのおかげで熱病から回復。感謝の気持ちとして、少女3人に配給品のタバコと石鹸《せっけん》を贈ろうと考えたが、二度と会うことはなかった。

「彼女たちの顔と名前は、今も覚えている。願いがかなうのであれば、あの時のお礼を言いたい」。3人のことを話す時、田村さんのほおが緩んで見えた。

●畳の匂いで生還を実感

ビルマ駐留の飛行場大隊に所属していた田村さん。英軍の進攻が激しくなった44年12月、部隊は中部シュエボの飛行場を撤収し、マレーシアを目指して南へ転進を始めた。

翌45年1月、ピンマナという街に入り、6月まで滞在。ここで「2度目の奇跡」が起きた。ある日、英軍の爆撃機が飛来し、仲間と2人でたこつぼに駆け込んだ。「その時、なぜか嫌な予感がしたんです」。別のたこつぼに移ったその時、爆弾が直前までいたたこつぼを直撃。間一髪、助かった。

ピンマナからさらに南下。ジャングルを抜けると、大河が横たわっていた。船で無事対岸に渡りきったが、そ

の後に船が爆撃されたため、後続の隊員らはイカダを組んだ。だが、そのイカダは川に流され、多くの犠牲者を出した。

「自分は三たび、辛うじて助かった。何かに生かされているような気がした」

英軍に見つからぬよう車などを使い、ようやくたどり着いたマレーシアのイポーという街で敗戦を迎えた。

田村さんらは英軍の捕虜となった。それから2年間、インド兵の監視の下、道路のアスファルト舗装や下水道の清掃、木材の切り出しなどに従事させられた。

47年10月、シンガポールから船で帰国の途へ。広島の宇品に入港した際、甲板から上等兵の階級章を海に投げ捨てた。「もうこれで終わりなんだ」と感慨に浸った。自分なりに「戦争」と区切りをつけたかった。

一夜を過ごした広島の宿舎。部屋の畳が青々としていた。思い切り手足を伸ばして寝転がり、真新しい匂いを吸い込んだ。「死ぬ覚悟」で向かった戦地から、生きて帰ってきた喜びがわき上がった。「何とも言えない気分だった。あの日の解放感は、何年たっても忘れられない」

戦後、熊本市で65歳まで自動車整備工として働いた。現在は老人ホームに入居し、静かに来し方を振り返る。「何のための戦争だったんでしょうか」。ビルマから南下する際、一時滞在したタイのバンコクで作ったという印鑑だけは、戦地で生き延びた〝証し〟として大事に持っている。

（2015年2月13、14日）

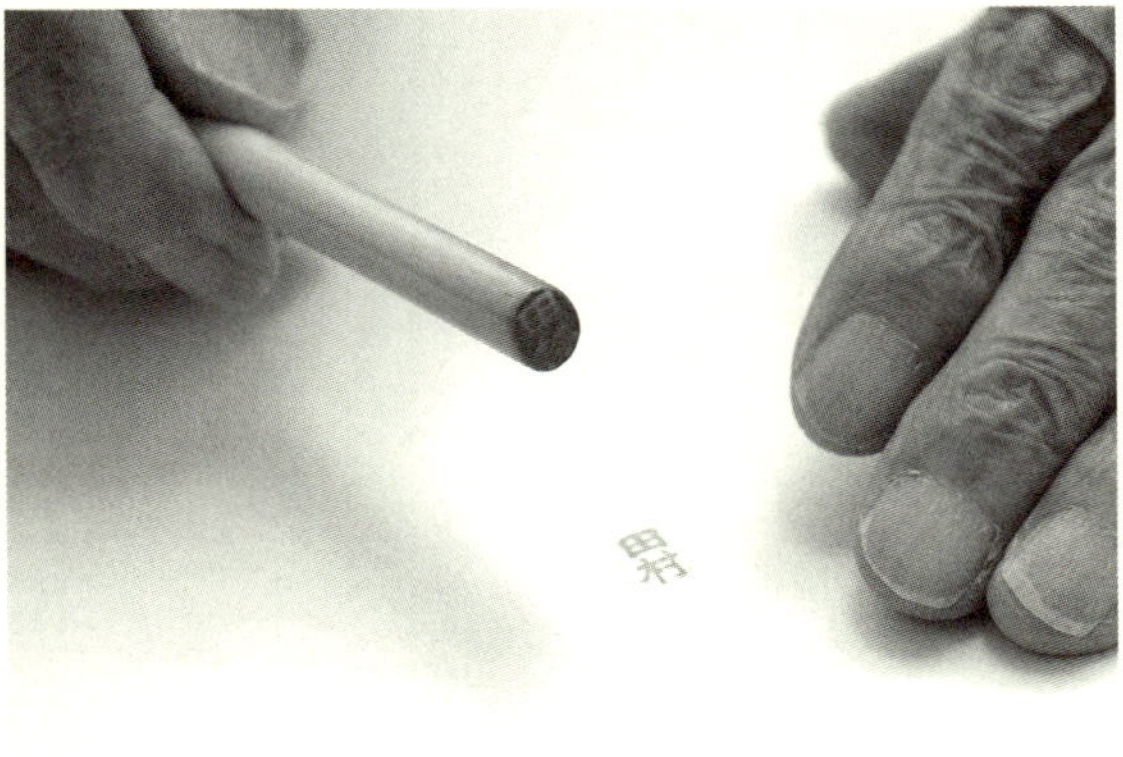

戦時中、田村政喜さんがタイのバンコクで作った印鑑

北千島の戦い　内田　義高さん＝合志市須屋

「4人の息子のうち、あんたが初めての出征だ。息子を1人も戦地に送っていなかったので、今まで肩身が狭かった。お国のために精いっぱい頑張ってきておくれ」

召集令状を受け、入隊が決まった内田義高さん（97）に、母カズさんは言葉を掛けた。「ばんざーい」「ばんざーい」。盛大な見送りを受けながらも、死を伴う出征に本人の心が晴れることはなかった。1940（昭和15）年5月―。

錦野村（現大津町）出身。地元の尋常高等小高等科を卒業し、熊本市で5年間の大工修業を経て、八幡製鉄所（現北九州市）で働いた。24歳で、第6師団野砲兵第6連隊（熊本市）に入隊。船で中国の揚子江を上り、漢口に上陸した。

「先輩の衣類の洗濯や兵器の手入れはすべて初年兵の役割。少しでもミスすれば連帯責任でビンタが飛んだ。容赦なかった」

41年1月に南京に移動。銃剣術訓練では200メートル先の的を歩兵銃で狙った。直径30センチの中心に度々命中させ、腕前を褒められた。

開戦直前の11月、広島へ一時帰還。42年4月、3歳下の弟、久富さんが乗務する輸送船が入港し、4年ぶりに再会を果たした。一緒に昼食を取り、「お互い元気でいような」と言って別れたが、それが兄弟の最後の会話となった。3年

【北千島・北部太平洋の戦い】　日本軍は1942年6月、米国領だったアリューシャン列島のアッツ島とキスカ島を占領。領土奪還を目指す米軍は43年5月にアッツ島に上陸し、日本軍守備隊約2500人は玉砕。同7月、キスカ島の約5千人は濃霧に紛れて全員が撤退し、「奇跡の作戦」と呼ばれた。終戦直後、千島列島最北部の占守《しゅむしゅ》島、幌筵島はソ連軍が占領した。

後の45年6月、久富さんを乗せた輸送船が津軽海峡で米潜水艦の攻撃を受け、戦死した。

部隊は42年10月、三つの分隊に編成され、北太平洋アリューシャン列島のアッツ島やキスカ島へ。内田さんのいる第3分隊はさらに東を目指したが、米偵察機に発見され、目的地を急きょ変更。千島列島最北部の幌筵《ほろむしろ》島に上陸した。

幌筵島からカムチャツカ半島が間近に見えた。米軍の上陸に備え、洞窟陣地造りに明け暮れていたある日、洞窟内で火薬が大爆発した。「外の雪で火を消せー」と叫び、内田さんら7人は雪原に転がって、燃え上がった衣服の火を必死で消した。

大やけどを負い、野戦病院に1カ月間入院。伍長だった内田さんは現地に残り、部下6人を北海道の病院に転院させた。しかし、輸送船は途中、米潜水艦の攻撃を受け沈没した。

「部下のためと思って転院させたが…。悔やんでも悔やみきれない」。内田さんは左腕に刻まれたやけどの痕をさすりながら、唇をかんだ。

●着いた先はナホトカ港

「戦争が終わったら、俺の妹を嫁にもらってくれんか」。幌筵島守備隊だった内田さんは同じ熊本出身の戦友から頼まれ、約束を交わしていた。

戦友が派遣されたアッツ島は43年5月、米軍の猛攻を受け玉砕。届いた悲報にショックは大きかったが、自身も死は覚悟の上。涙は出なかった。「俺も後から行くから待っていてくれ」。静かに黙とうをささげた。

アッツ島とは対照的にキスカ島からの撤退作戦は成功し、守備隊が続々と幌筵島に到着した。米軍の空襲は日に日に激しさを増す。「日本軍が1年かけて造るような飛行場を、米軍は上陸から1週間で完成させた。日米の圧倒的な軍事力の差は、どうしようもなかった」

空襲警報を受け、一斉に飛び立った日本軍機。5～6機がそのまま姿を消した。「米軍機を迎撃すると思っていたが、逃げたようにしか見えなかった。米軍機の銃撃は夕立のようにすさまじく、生きた心地がしなかった」。当時の恐怖が今もよみがえる。

幌筵島はサケやマス、タラバガニなどが多く捕れ、食べ物には困らなかった。寒さは厳しく、夏も毛布が手放せなかった。冬には雪が数メートル積もった。米軍機に見つからないよう、白衣を着てスキーを楽しんだことも。

45年8月の終戦。数日後、ソ連軍が上陸し、武装解除を命じられた。弾薬や銃などすべての武器を道路に並べながら、どの顔も涙にくれていた。

「日本に連れて帰るから所持品をまとめるんだ」。ソ連軍の命令で、輸送船に乗せられた。「これで日本に帰れる」。安堵《あんど》したのもつかの間、一部の日本兵が「この船は日本に向かっていない」と気づいた。案の定、到着したのはソ連のナホトカ港だった。

トラックに乗せられ、ソ連兵が厳重に警備する山奥の収容所に、約120人が送り込まれた。1回の食事は黒パン2切れと、牛や馬の餌だった燕麦《えんばく》のおかゆだけ。「空腹に耐えきれず、収容所内の雑草をゆでて食べた」

2人1組で、直径1メートルを超える松の巨木を切り倒し、馬で運んだ。「風呂はなく、シラミがわいて不衛生極まりなかった。夜は南京虫に刺され、寝不足も重なり、体力はどんどん衰弱していった」。巨木を引いて歩く馬にすら、ついていけなくなった。

内田義高さん（最前列右から５人目）が入隊した第６師団野砲兵第６連隊の部隊。その後、ソ連での抑留生活を経験することになる（本人提供）

●心の支えは家族

「こんなところでは絶対に死ねない。生きて日本に帰るぞー」。終戦直後、幌筵島からソ連軍によりナホトカへ強制連行された内田さんは、自らを鼓舞しながら極寒の地で必死に耐え続けた。

真冬は氷点下30度にまで冷え込んだ。寒さと栄養失調のため次々と死んでいく日本兵。遺体を埋葬するにも、地面は凍っていて掘れない。収容所内の小屋に、下着姿で10人ずつ俵積みにされた。

「氷点下25度を下回ると作業は中止となり、たき火を囲んで話し込んだ。出るのは家族や故郷の話ばかり。『生きて帰ろう』と励まし合った」。極限状態で心の支えは家族だった。トイレにたまった大便はカチカチに凍り付いた。ハンマーでたたいて崩し、むしろ袋で山中に運んだ。

1年、2年…いつまで続くのか分からない収容所生活―。「早く日本に戻してくれ」と懇願したが、ソ連兵は「近いうちに帰れるから」と繰り返すだけ。飢えと寒さに悩まされ続けた収容所生活は4年に及んだ。

「戦争当時よりも抑留生活の方がはるかに過酷だった。ただソ連兵は決して暴力を振るわなかった。どんなに作業が進まなくても、じだんだ踏んで怒るだけだった」

49年7月―。約120人いた日本兵は半分以下に減っていた。内田さんら一部にようやく帰国が許された。「きっと日本に戻れる。元気でいろよ」。取り残される戦友を励まして別れた。

野砲兵第6連隊への入隊以来、9年3カ月ぶりに実家へ。両親や近所の人たちに歓待された。敬礼してあいさつする内田さん。「今の時代、敬礼はしないんだぞ」とたしなめられた。

1年半後に妻節子さん（88）と結婚。大工として、建築の仕事を懸命に続けながら一人娘を育てた。菊池郡の傷痍《しょうい》軍人会の役員も務めた。

今年は戦後70年。「戦争の風化」に危機感を募らせる。戦争を知らない政治家が増える中で、「戦争や安全保障について語る言葉の軽さが怖い」。ニュースでそうした場面に接するたび、日本の将来を思わずにはいられない。

（2015年2月18～20日）

極寒の大地で抑留　原口　展治さん

＝山鹿市菊鹿町

「これを持って鉄道建設の現場に行きよりました」。原口展治さん（89）は復員の際に持ち帰った飯ごうと水筒を手に、4年にも及んだシベリア抑留の記憶をたどった。

「最初はもっと上等な飯ごうば使いよったんですが、目を離したすきに盗まれてしもうて。これは班長から譲ってもらったもんです」。表面に刻まれたいくつものくぼみが、当時の過酷な労働をうかがわせる。

菊池農蚕学校（現菊池農業高）を繰り上げ卒業し、1944（昭和19）年1月、満州（現中国東北部）の農産公社に就職。奉天支社で配給米などの運搬に従事した。徴兵検査を受けたのは45年3月。甲種合格だったものの、いつ入隊するか分からない。「それなら一度、日本に戻るか」。仕事で知り合った官憲に頼み込んで往復切符を入手。長期休暇をもらって郷里に戻った。

5月に入って、父成男さんにも海軍の召集令状が届く。「40歳すぎのおやじのような者までかき集めるんだから…。今思えばそんなんで戦えるはずがない」。苦笑気味に話す原口さんも、当時は日本の勝利を信じて疑わなかった。

「5月15日に入隊せよ」―相前後して、原口さんにも電報が届いた。男手を一度に奪われ、残るのは母親と女学校に通う妹の2人だけ。農地は他人に貸すしかなく、大事な

【シベリア抑留】　1945年8月の終戦直後、旧ソ連は武装解除に応じた日本軍の兵士ら約60万人をシベリアやモンゴルなどに抑留し、強制労働に従事させた。厚生労働省によると、抑留中、約5万5千人が厳しい寒さや飢えなどで死亡したとされる。

馬も手放した。

村の神社で出征兵士の壮行会があった。20人ほどの中に、原口親子の姿もあった。「父親と息子がそろって出征するなんて、前代未聞」。晴れがましさの中にも、残される母親と妹のことが心配でならなかった。

熊本駅で佐世保（長崎県）に向かう父親と別れた後、関釜連絡船に乗るため下関に向かった。しかし、出港のめどがたたず、熊本にUターン。熊本駅前の旅館に待機していた父親を訪ねた。「こらっ、おまえ、何で戻ってきたか」。その顔を見るやいなや、父親の怒声が飛んだ。

「どうせ死ぬんだったら、入隊が3日遅れるも4日遅れるも一緒」。牡丹江の部隊に向かう途中、ハルビンで下車し、友人と痛飲した。目的地に着いたとき、5月15日はとっくに過ぎていた。

「ご苦労。戦況が悪いのによく無事だったな」。ビンタの一つも覚悟していたが、隊の幹部から返ってきたのは、意外にもねぎらいの言葉だった。

ほっと胸をなで下ろした原口さん。「だったら無理して来んでもよかったタイ」。心の中でつぶやいた。

●「戦車に体当たりしろ」

45年8月9日、ソ連軍が対日参戦。原口さんが所属する部隊も、綏芬河《すいふんが》という国境の街でソ連軍との戦闘に参加した。

押し寄せるソ連軍の戦車。500両が満州に入ったとの情報に、震え上がった。どう立ち向かうか。

原口展治さんがシベリア抑留の時に使っていた飯ごうと水筒

下された命令は「壕《ごう》に潜み、戦車が来たら体当たりして刺し違えろ」。この時、手渡されたのは爆弾と2個の手りゅう弾。30メートルごとに壕を掘るよう指示されたが、スコップのようなものはない。穴を掘るのは腰に差した銃剣。掘り出した土は鉄かぶとでかきだした。

石だらけの大地は手ごわく、作業はいっこうにはかどらない。「ばかばかしい。いつまでもこんなことやっとられるか」。原口さんは友人を誘い、壕掘りを放棄。機関銃陣地の壕に身を隠し、倉庫から持ち出した焼酎を2人であおった。酔いはすぐに回った。

翌朝、目を覚ますと部隊は退却。ソ連軍が陣地構築の真っ最中だった。「見つかれば命はない。生きた心地がせんだった」。恐る恐るその場を離れ、草むらの中を一目散に駆けだした。2昼夜を徹して、やっとのことで自軍に合流。2人は既に戦死となっていた。

ソ連軍との戦闘では、命を失いかけたこともある。敵が放った銃弾が鉄かぶとに当たって、はねた弾が左手親指の肉をえぐり取った。「縫いもできんし、傷口をひもでくびるだけ。季節は夏だったが、化膿《かのう》しなかったので助かった」。ただ、その後のシベリア抑留では、身を切る寒さから古傷の痛みに苦しめられた。

戦闘のさなか、中隊長が立ち上がり、敵の動きを双眼鏡で探っていた。その時だった。迫撃砲が陣地に撃ち込まれ、目の前で中隊長が爆死した。戦時中の悲しい記憶として今も、脳裏にくっきりと張りついている。

終戦を知ったのは8月17、18日ごろ。武装解除後、ソ連軍の捕虜となり、約2週間、来る日も来る日も野や丘を歩かされた。空腹と疲労から次々と倒れる戦友たち。「自分が生きるだけでも精いっぱい。周りのことなんて構っている余裕なんてなかった」。着いたのはバイカル湖の近くのタイセットだった。

●精神力で命つなぐ

「枕木1本敷くのに1人が死んだ」とまで言われた鉄道建設。1日3交代。ソ連兵が自動小銃を持って目を光らせ、柵を越えて逃げようものなら容赦なく銃弾が飛んだ。

原口さんのシベリア抑留が始まった。極寒の大地。「氷点下30度以下にならんと休みもなかった」。食事は黒パン一切れとわずかなスープ。空腹に耐えきれず、ネズミを食べたことも。「ぼた餅が食いてぇ」「腹いっぱい食ってから死にたい」。顔を合わせるたび、捕虜たちは口々に言い合った。

朝、目が覚めると、何人かは冷たくなっていた。あすはわが身。精神力だけで命をつないだ。そんな原口さんも栄養失調で2度ほど倒れた。「入院した時だけはごちそうだった」。1カ月もすると体力は回復し、再び現場に戻された。

「わざとけがをする者もいて、ソ連兵からは『日本人に刃物を持たせるな』と言われていた」。一方で、多彩な職歴を持つ捕虜の中には元鍛冶屋も。現金を渡し、日本の刀をつくるよう頼むソ連将校もいた。

その後も収容所を転々。この間、共産主義の思想を徹底的にたたき込まれた。「成績のいい者から順に日本に帰された」。そういう原口さんは共産思想に懐疑的だった。厳しい抑留生活から解放され、復員できたのは49年8月―。

「日本に帰す、帰すと言いながら、何度も裏切られた。ナホトカ港から船に乗った時に初めて、今度こそ本当だと思った」。船は舞鶴港（京都府）に到着。実家に姿を現した一人息子を前に、母親が声を震わせた。「よく生きて帰ってきてくれた…」

復員から2年後に結婚。農業をしながら3人の子どもを育て上げた。この間も、いまだシベリアの凍土に眠る戦友たちのことを忘れたことはない。遅々と進まない遺骨収集にいら立ちが募る。

つらい記憶と向き合いたくない。あの時代のことは話しても分からない―そうした思いもあって、戦争体験を家庭でも多く語ることはなかった。

ところが最近、東京に住む30代の孫が関心を持って体験を聞いてくれる。「戦争を知らない世代にも伝わるんだ」。孫から教えられている気がしてならない。

（2015年2月25～27日）

フィリピン引き揚げ　平岡 文江さん

＝宇城市小川町

フィリピン・ミンダナオ島ダバオの日本人街生まれ。戦前、約2万人もの人が住み、大いににぎわったというが、まだ幼かった平岡文江さん（77）に当時の喧騒《けんそう》の記憶はない。

おやつだったバナナやマンゴー、父末次さんをアモ（主人のこと）と呼んでいた現地の屈強な男たち、親が経営する工場にうずたかく積まれた麻の束、「日本の家には厚い敷物があるんだよ」と話していた母久子さん。思い浮かぶのは、こうした断片的な映像だ。

女2人男2人の4人きょうだい。一番上の平岡さんが、日本人街の国民学校に入学したのは戦争末期。戦火が迫っていたためか、教室で勉強した覚えがない。

1945（昭和20）年夏―。終戦まであと数週間というある日の夕方、日本人たちが一斉にジャングルに向かって逃げ出した。「恐らく米軍が迫っていたんでしょう。幼いながらも見つかれば殺されると思った」。父は家族の着替えを、母は炒《い》った米などの食糧を背負い、平岡さんも乳飲み子だった妹君江さんを抱えて逃げた。

上空から見えないような獣道を進んだ。米軍機は夜も昼も容赦なく、ドーン、ドーンと爆弾を落としていった。夜中に、すぐそばで真っ赤な炎が上がったこともあった。

熱帯地方は雨が多く、爆弾がつくった穴はたちまち池へと姿を変えた。「ああ、ここにも爆弾が落ちたんだ」。無数の池が恐怖心をかき立てる。逃げる足がすくんだ。

【フィリピン移民】 日本からフィリピンへの移住が本格化したのは1903（明治36）年以降。太平洋戦争前、ミンダナオ島のダバオには大規模な日本人社会があり、船舶用ロープの原料となるマニラ麻の栽培で成功した人も多かった。戦時中は民間人にも多くの犠牲者を出した。

歩き始めて何日たっただろうか。4歳の足で、大人たちに必死で付いてきた末弟の国雄さんがついに力尽き、息を引き取った。

「テッポウカツイダヘイタイサン」と歌詞を何度教えても、「テッポウカツイダタイタイターン」としか歌えなかった。そのことが記憶に残る弟の唯一の思い出だ。「4年も一緒に暮らしたのに。『タイタイターン』のことしか覚えていないなんて…」。胸が締め付けられる。

「弟の死は悲しかったけど、悼む余裕もなかった。戦争を憎む、そんな発想もありませんでした」。別れを惜しむ間もなく、弟の遺体を埋めた一家は、さらにジャングルを進んだ。

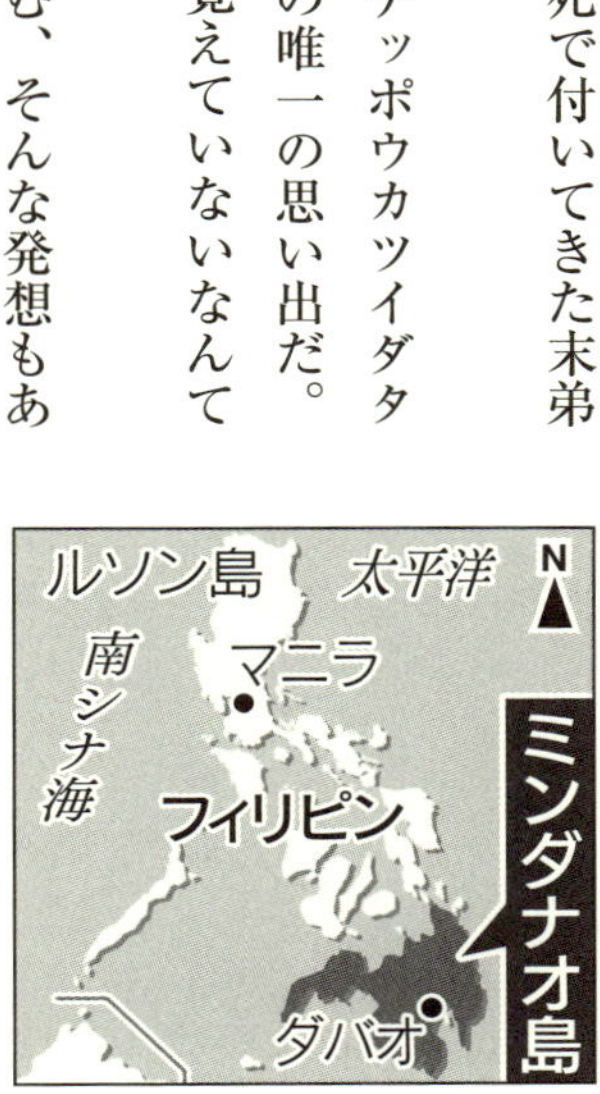

●妹看取り母も後を追う

米軍から逃れるため、家族6人でジャングルに逃げ込んだ平岡さん。逃避行のさなか、末弟の国雄さんに続き、母久子さんと乳飲み子の妹君江さんも後を追うように亡くなった。

熱帯特有の病に侵されたのか、それとも体力が尽きたのか、今となっては分からない。倒れた母は、バナナの葉で屋根をつくったような小屋の土間に寝かされていた。生きることへの気力もなえたのか、「君江の後だったら母ちゃんも安心して死ねる」としきりにこぼしていたという。

食料を探しに出掛けて、父が留守だった時のこと。妹は母の乳房に吸い付いたまま亡くなった。当時は母乳も出ていなかったに違いない。母はわが子の死を静かに見守ると、安心したかのように息を引き取った。

「自分が安心して逝くために、わが子の死を望むしかないなんて…」。自身も子を持つ母となった今、その悔しさ、無念さが痛いほど分かる。

一緒に避難を続ける日本人に手伝ってもらい、2人の遺体をジャングルに埋めた。「もう会えないんだ」。涙があふれた。6人家族は父と平岡さん、6歳の弟の3人だけになった。

既に8月15日を過ぎていた。ジャングルの上空を米軍機が飛び交い、日本の無条件降伏を知らせるビラをばらまいた。「うそに決まっている。ジャングルを出たとたん、日本人は殺されるに決まっている」。大人たちは警戒心を解くことはなかった。

その後、当時8歳だった平岡さんの記憶は、トラックの荷台に乗せられていった日本人収容所へと一気に飛ぶ。食事は1日1回のかゆだけ。「みんな頰の肉がそげ落ち、手足も小枝のようにやせていた」。栄養失調で、死ぬ人も多かったのだろう。ドラム缶を埋めただけのトイレに行った帰り、あちこちに墓標が立っていた。「いったい、何人が死ぬんだろう」。ぼんやりと思った。

「収容所にいたのは、数十日ぐらいだったでしょうか」。最初に日本への引き揚げを許されたのは、女性と子どもたち。平岡さんと弟は小川町出身の女性とともに、日本行きの船に乗った。

両親の古里、同町に着いた時は秋も深まっていた。「日本は寒いと思いました」

●「母ちゃん、会いに来たよ」

45年末、弟と一緒にフィリピンから引き揚げた平岡さんは、父末次さんの同町の実家に身を寄せた。年が明けると、その父も後を追うように帰国。再会の時は親子3人で抱き合って泣いた。「引き揚げの際、沈没した船もあったらしく、父は私たちが死んだと思っていたようです」

器用だった父は、木材を集めてきて小さな小屋を作った。しばらくは父子3人の暮らしが続いた。

麻畑に立つ平岡文江さんの父末次さん（後列右）と母久子さん（前列右）＝ミンダナオ島（本人提供）

平岡さんは1年遅れで小学校に入学。中学校を卒業し、熊本市の工場でしばらく働いた後、母の実家に招かれて農業を継いだ。

米軍に追われ、ミンダナオ島のジャングルを逃げ惑う際、3人が亡くなった平岡さんの家族。「父にとっては、母を死なせてしまったという負い目があったんでしょう。私との暮らしを希望した祖父母に、何も言いませんでした」

62年に結婚。2人の子をもうけ、現在は長男夫婦と孫息子と暮らす。米、ショウガ、畜産…。今も祖父母から受け継いだ農業を続ける。

２０１０年5月、弟や娘らとミンダナオ島を訪ねた。かつて麻畑が広がっていた一帯は荒れ果てていた。麻の工場跡や資料館が、わずかに当時の繁栄をしのばせていた。

ジャングルを逃げ回った時、名前を唯一覚えていた「タモガン川」に沿って移動。もちろん正確な場所は分からないが、家族が眠る大地。幼かったきょうだい2人にと、日本から持参した菓子をジャングルに投げた。「母ちゃん、日本から会いに来たよ」と叫ぶと、とめどなく涙があふれた。

平岡さんは日本の戦後に自らの人生を重ねながら「孤児に

ならなかった」「中学まで勉強させてもらった」ことへの感謝の気持ちをかみしめる。その一方でふと、「戦争がなければ家族を亡くすこともなかった」「あこがれの看護師になれたかもしれない」との思いがよぎる。

終戦から70年たっても、引きずったままの矛盾した思い。「それぞれの人生に深い影を落とす戦争は、やっちゃだめってことです」と言葉をかみしめた。

（2015年3月3～5日）

銃後の少年　小松一三さん＝熊本市中央区水前寺

「時代の犠牲者」に思えてならない。戦時中、急死した祖父のことだ。ラジオパーソナリティーの小松一三さん（80）は約70年前の忌まわしい記憶をたぐり寄せる。

東京都生まれで、現在の大田区池上で育った。私立の初等学校（小学校）に通っていた1944（昭和19）年ごろ。何の連絡もなしに、祖父が一晩家に帰ってこなかった。安否を気遣う家族。事情を知る人に尋ねても「心配はいらない。2、3日したら帰ってくる」と答えるだけで、多くを語ろうとしなかった。

後で聞いた話によると―。「このままいけば日本は戦争に負けるんじゃないか」。事の発端は、池上線の電車内で祖父がつぶやいた一言だったという。

「大本営発表が『勝った、勝った』と叫んでみても、一方で家族の元には戦死公報が次々と届いているわけです。国民も戦況の厳しさはうすうす感じていたはず。気心の知れた仲間と一緒だったので、祖父もつい口を滑らせてしまったんでしょう」

直後、祖父は特高警察らしい2人組に腕をつかまれる。駅で電車のドアが開いた瞬間、外に突き出された祖父はホームで転倒し頭を強打。出血し意識がもうろうとする中を、そのまま警察署に連行されたという。

翌日の夕方、頭に傷を負った祖父は、青ざめたような表情で帰ってきた。「暴力は振る

【特高警察】　特別高等警察の略称。政府に批判的な政治運動や思想、言論などを取り締まるため、戦前に設置された警察組織。治安維持法の強化に伴い、取り締まりの範囲は労働運動などだけでなく、市民生活全般に及んだ。

われなかったらしいけど、傷の手当を受けるでもなく、取り調べもかなり厳しかったようです」。小松さんは振り返る。

「疲れた」と言って横になった祖父は次の朝、いつまでたっても起きてこない。家人が見に行くと既に冷たくなっていた。死因は脳内出血。「転倒して頭を打ったのが原因だろう」。医師からはそう説明を受けた。

祖父の突然の死。小松さんは現実を受け止められなかった。「これじゃ、殺されたのと同じじゃないか」。泣いて訴えると、母親からいさめられた。「家の外では絶対言うんじゃないよ」。毅然《きぜん》とした中にも、その言葉にくやしさがにじんでいた。

「言いたいことも言えず、戦争遂行のため国民は我慢を強いられた。事を荒立てないというのが、時代の雰囲気だった」。翌日、葬儀が営まれた。何事もなかったかのように〝事件〟は終わった。

●殴られる米兵に喝采

東京の私立学校に通っていた小松さんは戦争が激化する中、静岡県三島市に学校ごと疎開した。

疎開先は皇族の別邸だった所で、広大な敷地には池やクリの木があった。大きな広間に30人近くが雑魚寝の集団生活。体育の時間は石ころを詰めたリュックサックを背負い、線路の土手を何度も駆け上がった。

近所の畑にジャガイモやサツマイモを掘りに行ったことも。「最初の頃は食料も十分だったが、次第に米が底をつき、おやつも出なくなった。食べ盛りの身にはたまらなくつらかった」。見る見るうちにやせ細っていく子どもたち。

手紙を出す時も、疎開先では学校の許可が必要だった。それでも飢えには勝てず、小松さんは近くのポストから、こっそり自宅宛てに手紙を投函《とうかん》した。「このままでは死んでしまう。助けて…」。便箋いっぱいに窮状を書きつづった。

手紙を手にした母の行動は早かった。児童たちが畑に出掛けている間に息子の荷物をまとめ、作業を終えて帰ってきたその手を引っ張って、列車に飛び乗った。「白昼堂々の〝脱走劇〟。先生や友達もさぞかしびっくりしたと思います」。帰りの車内で食べたのは、母が作ってくれたおにぎり弁当。今も懐かしく思い出す。

久しぶりに東京に戻ると、空襲は激しさを増していた。友達数人と一緒にいたとき、米軍機に狙われた。「危ない、逃げろ」。一斉に駆けだしたが、その中の1人に銃弾が命中した。即死だった。

近くの工場街に爆弾が落ちた。急いで見に行くと、工場の屋根や壁は吹き飛び、地面に大きな穴が口を開けていた。「いつか自分の家もこうなるんだろうか…」。恐怖心とともに、友達を奪い、街を破壊し尽くす米軍への怒りがこみ上げた。

怒りは時として牙をむく。撃墜された米軍機から、パラシュートで脱出を図った米兵がいた。鬱憤《うっぷん》を晴らそうとこん棒を持って駆け寄り、次々と襲いかかる大人たち。「いいぞいいぞー。もっとやれやれ」。凄惨《せいさん》な現場を前に、子どもたちも喝采を送った。

無辜《むこ》の市民を狂気に駆り立てる戦争の恐ろしさ。あの時の異様な光景が、今も小松さんの目に浮かぶ。

●窓を開け「終戦」を実感

戦時中、国内で叫ばれた「鬼畜米英」。当時、東京で暮らしていた小松さんも子どもながらに、外国への憎悪を膨らませていた。

親戚が働いていた神奈川県川崎市の菓子会社に、工場見学に行った時のこと。外国人の捕虜が足を鎖でつながれ、重そうな荷物を運んでいた。監視の目が光り、ちょっとでも作業の手を休めようものなら容赦なくムチが飛

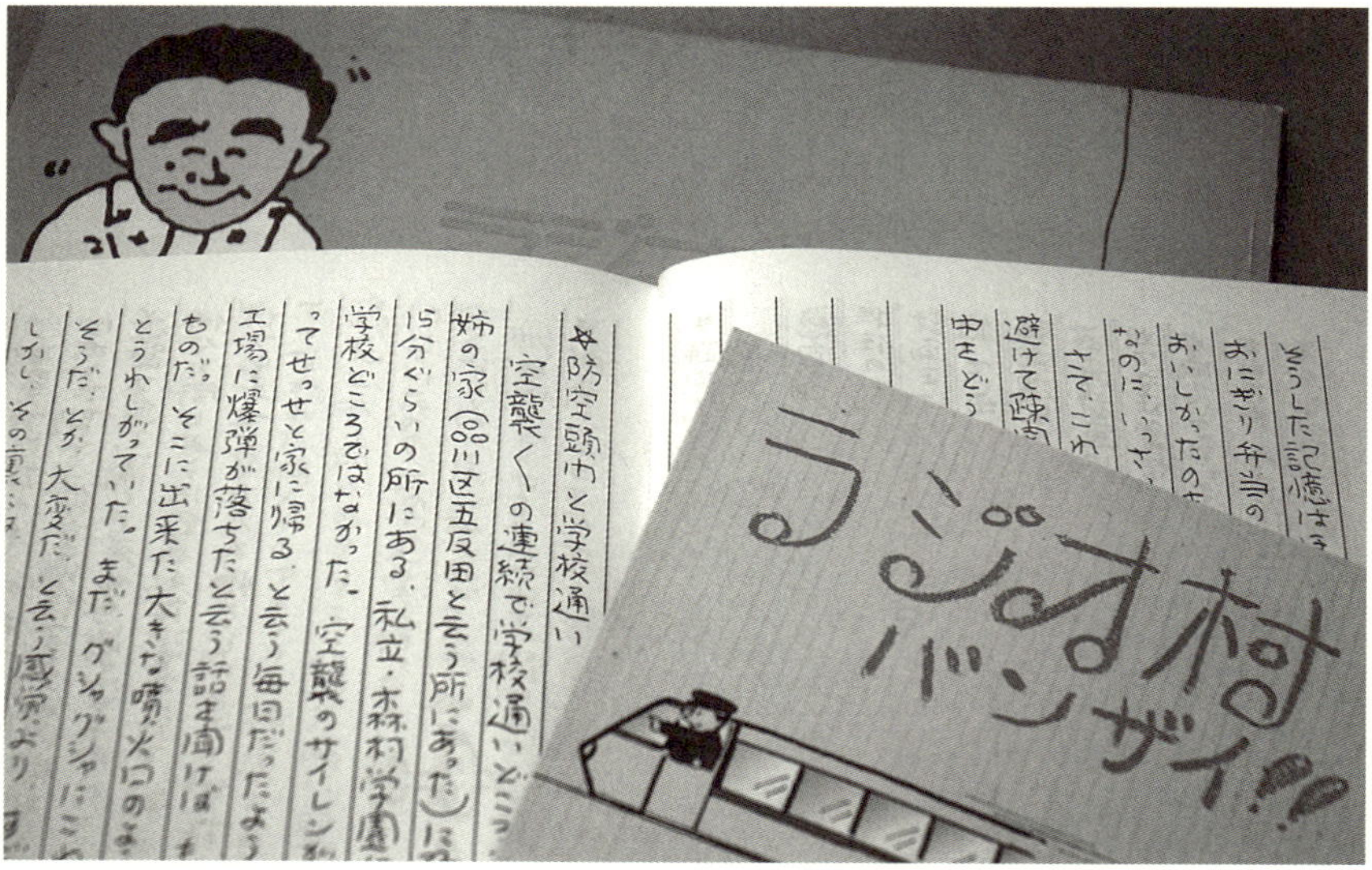

小松一三さんが自費出版した自分史。戦時中の思い出なども記されている

んだ。

「普通なら『かわいそう』と思うんでしょうけど、その時は『ざまぁみろ』という感情しか湧かなかったですね」。やせ細り、青白い顔をした捕虜たち。今にも倒れそうな姿を前にしても、ほくそ笑む自分がいた。

東京が焦土と化した戦争末期、親戚がいる秋田県に疎開することになった。途中、空襲に見舞われ、汽車がストップ。街から火の手が上がる様を一晩中、車内で震えながら見ていた。

「蒸し暑い日だったと記憶している」。45年8月15日、秋田の疎開先で終戦を迎えた。ほとんどが小松姓という小さな集落。その日の正午、親戚が本家に集まり、居間のラジオで玉音放送を聞いた。

終戦—静寂が居間を包んだ。「よし、カーテンを開けろ」。だれかが言った。それまで薄暗かった居間に太陽の光が差した。開け放った窓から風が吹き込んだ時、どこからともなく、「やった」という声が聞こえた。

「腕を伸ばし、思いっきり空気を吸ったことを覚えている」。それが小松さんにとっての「終戦」だった。灯火管制のため、電球の傘を覆っていた黒い布も取り外された。10歳の夏—。

戦後は在京のテレビ局を振り出しに、広告代理業や日本民間放送連盟の人材養成などにかかわった。縁があって熊本に来たのは1979（昭和54）年。RKKラジオの人気番組「こちら九州ラジオ村」のパーソナリティーを担当し、〝村長さん〟として親しまれた。

番組は現在も週1回続く。少々辛口だが、温かみのある語り口は健在。政治や時事問題も俎上に上げ、持論を展開する。その原点は少年時代に経験した戦争だ。あの時代を知らない政治家たちに危うさを感じることもあるという。

「この国はどこへ向かうのか」。電波を通じて〝村長さん〟は訴え続ける。

（2015年3月10、11、13日）

米軍機墜落の惨劇　松山　恒範さん＝荒尾市原万田

1945（昭和20）年8月7日、大牟田市の三池石油合成工場。学徒動員で働いていた松山恒範さん（83）は、南西の空に米軍のB24爆撃機など数十機が編隊を組み、飛来する様子を目の当たりにした。

ちょうど昼食前。空襲警報が鳴り響き、防空壕《ごう》へと駆けだした次の瞬間、「ドーン」という音とともに1機が火を噴いた。近くに置かれた高射砲の弾が命中。主翼がちぎれ、機体はバラバラになりながら墜落していくのが見えた。

「勝った、勝った」「米軍の出はなをくじいたぞ」。防空壕に逃げ込んだ松山さんは、仲間たちと喝采を送った。当時は八女工業学校（現八女工業高）の2年生。「14歳の私は何も知らずに大喜びしていました」。幸い工場での死傷者はなく、胸をなで下ろした。

荒尾市の自宅に戻って、隣接する大牟田市藤田町にB24が落ちたことを知らされる。プロペラは自宅近くの田んぼに落下。搭載していた爆弾が爆発し、民家をなぎ倒した。

様子を見ようと、藤田の集落を見下ろせる土手を駆け上がった。現場は目と鼻の先。あちこちに爆弾でできた穴が開いていた。「直径5～6メートル、深さも2メートルを超えるような大きな穴。穴の中には頭部がいくつも転がっていた。何が起きたのか理解できなかった」

土手に立ち尽くし、むごたらしい光景が次々と目に飛び込んできた。穴に埋まった遺体、

【大牟田空襲】　1944年11月21日と45年の6月18日、7月27日、8月7日、8月8日の計5回。死者は1300人を超えるとみられる。「大牟田の空襲を記録する会」が被害実態の調査や体験の聞き取りを続けている。

ちぎれた腕や足。まともな形をとどめた体はなかった。そんな中、遺体を黙々と片付ける消防団員。「目の前の惨劇に言葉が出ませんでした」

集落まで駆け付けた母親からも、惨状をつぶさに聞いた。犬が人の足首をくわえていたこと、倒壊した家屋の下から助け出された乳児のこと…。数時間前、撃墜を喜んだ自分が恥ずかしかった。

日本の勝利を信じ、勤労奉仕に励んでいた少年時代。しかし、藤田町の被災を見てから考えは一変した。「民間人にも犠牲を強いる戦争とは何なのか。勝っても負けても多くの人間が死ぬ。むなしい思いでいっぱいになった」。あの日を思い出しながら、松山さんは集落を眺めた土手のすぐ下で暮らす。

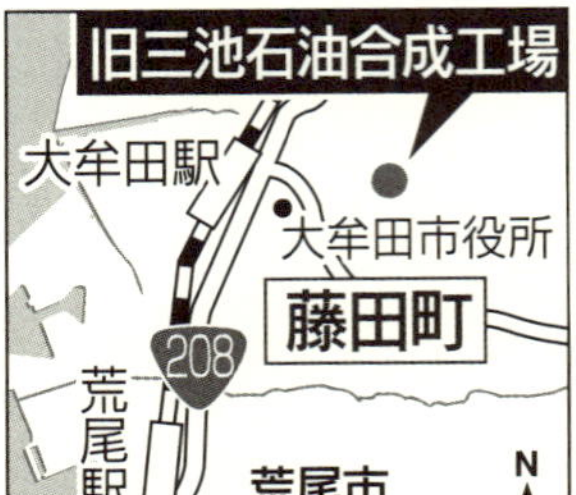

●学徒動員の生徒も犠牲

「そりゃあ、生きた心地がしなかった。周りを見る余裕もなく、防空壕まで必死に走って逃げました」

学徒動員で三池石油合成工場で働いていた時、松山さんは米軍機に狙われた。「ダダダダダッ」。長さ10センチほどの銃弾が一直線に地面に突き刺さった。45年8月7日、大牟田市の工場群が標的となった日だった。

5人きょうだいの末っ子。志願して兵隊になった兄たちから「技術を身に付けろ」と言われ、八女工業学校土木科に入学。戦争で満足に勉強ができないまま、45年5月から学徒動員に駆り出された。

主な作業は工場で使う資材の運搬作業。「重い荷物ばかりで、体にこたえた。それでも日本の勝利を信じ必死で頑張った」。この日、同工場の空襲被害は少なかったが、道向かいの東洋高圧工業や三池染料の工場で、学徒動員の生徒が犠牲になったと聞いた。

「子どもたちから勉学の機会を奪い、よくもあんな危険な場所で働かせたと思う」。同じ日に起きた大牟田市藤田町の惨劇。撃墜されたB24の爆弾が100人近い住民の命を奪った。

翌8日から工場にも学校にも行かず、ずっと自宅にいた。その間、長崎に原爆が投下され、敗戦を迎えた。「日本が負けるはずがないと思っていたので衝撃だった」。母は電気をつけて、安心してご飯が食べられることを喜んだが、食べ物は何もなかった。

空襲で犠牲となった藤田町の住民らの芳名碑＝大牟田市

9月に学校へ戻ったが、兵隊として戦地に赴いた上級生の姿は少なかった。従軍記者に憧れた時期もあったが、戦争が長引いていれば「この世にいなかったかもしれない」。卒業後は荒尾市役所に40年勤め、焦土から立ち上がるわが街を見つめた。

現在の自宅から歩いて5分。藤田町の神社に住民らが建立した墜落機の犠牲者らの芳名碑がある。「見てください。子どもや女性、高齢者ばかりでしょう。戦争で犠牲になるのは兵士だけじゃないんです」。持っていた杖《つえ》で一人一人の名前と年齢をなぞりながら、松山さんはつぶやいた。

藤田町の惨劇は今も頭から離れない。思い出した夜は眠れなくなるという。「日本の行く末を論じる年齢ではないが…」と断りながらも、松山さんは語気を強める。

「先人の犠牲があって今の平和がある。同じような体験は誰にもさせたくない」

（2015年3月18、19日）

台」から、海軍の下士官だった入所者から教わった手旗信号で「国のために頑張って下さい」とメッセージを送った。「療養所の子どもたちができるのはその程度」。向こうから「ありがとう」と合図が返ってきた時のうれしさを覚えている。

戦局の悪化に伴い、食料は減る一方。「治療らしい治療を受けた記憶もない」。病状は進行し、身長は約120センチで止まったまま。療養所とは名ばかりだった。それでも全国の入所者約2万人で飛行機を献納するため、恵楓園からも1500円を献金した。

園内では野球グラウンドを開墾するなどして食料増産に努め、軽症患者は山中で木炭作りに励んだ。作業中、園外の子どもたちと顔を合わせることもあった。後遺症がある手を揶揄《やゆ》され、「戦えない者は非国民」と罵声を浴びたことも。「後で意味が分かったときはつらかった」

45年3月、杉野さんは恵楓学園を卒業。15畳の大部屋で、10人ほどの大人との生活が始まった。足の痛みでまともに歩くことができないため、掃除や食事運搬など軽作業を与えられた。

その頃、東京は大空襲に見舞われ、当時唯一の治療薬とされた大風子《たいふうし》油の倉庫が爆破された。このため、恵楓園でも注射が中止になった。

戦後多くの入所者を救う治療薬プロミンは41年、アメリカで既に開発されていた。「終戦が少しでも早ければ、多くの入所者が死なずに済んだ。戦争は弱い者にしわよせがくる」。杉野さんは悔しがる。

恵楓園の長い歴史の中で、年間死者数が100人を超えたのは、41年から終戦までの5年間しかない。

●療養所にも国民義勇隊

45年5月の空襲で2人が犠牲となった菊池恵楓園。その日から杉野さんら入所者は、警報が鳴るたび園の東側

空襲の被害に遭った菊池恵楓園＝同園入所者自治会50年史より

にあった通称「ヒノキ山」の防空壕へ避難した。

軽症者が不自由者の手を取って毎日のように壕に身をひそめたが、コンクリートの高い塀と堀に囲まれた療養所の外へ逃げることはできなかった。

6月に入ると本土決戦に備え、園内でも「国民義勇隊」が結成された。職員による第1中隊と、入所者の第2中隊からなり、内規には「戦闘義勇隊ニ転移スルコトアルベシ」との一文も盛り込まれていた。杉野さんも予備隊員に名を連ねた。

「病人に何ができただろうか。今思えばばからしいが、当時はそれでも戦う気概があった」。足に結節ができ、まともに歩けなかったが、「玉砕」というスローガンが染み込んでいた。

隊として訓練した記憶はない。隊員の心得を記した「しおり」には、重症者でも足手まといにならないよう各自工夫することや食料増産に努めること、就寝時は持ち出し品を枕元に置くなど、生活面の細かい規定が書かれていた。

軍の関与は治療にも及んだ。同園では42年から、陸軍が開発した治療薬「虹波《こうは》」の治験が秘密裏に始まっていた。

杉野さんは塗り薬だけだったが、注射や座薬などで体内に投与された者もいた。「発熱しても『いい傾向』と言われるだけ。

病状が悪化し、七転八倒する人もいた」。セファランチンという新薬もあったが、いずれも効き目はなかった。虹波の投与後、死亡した人の遺骨は青かったという話も伝え聞いた。

午後になると体がほてり、水風呂に入る毎日。「治療ではなく人体実験」。入所者は戦争に翻弄《ほんろう》され続けたまま、8月15日、終戦を迎えた。

戦後の48年、ようやくプロミン治療が始まり、ハンセン病は治る病気となった。しかし回復しても社会復帰できた者は少ない。「隔離政策によって植え付けられた国民の差別意識は、今も消えていない」。悲願だった「らい予防法」の廃止は96年。戦後50年が過ぎてからだった。

戦争は特効薬の普及を遅らせたばかりでなく、人権意識の芽ぶきにも影を落とした。「最大の人権侵害である戦争を二度と起こしてはならない」。人生の大半を過ごした療養所で、平穏に暮らせる毎日をかみしめている。

（２０１５年3月25〜27日）

鉾田教導飛行師団　本田 実男さん

＝合志市御代志

1944（昭和19）年6月─。戦況の悪化に伴い、茨城県の鉾田陸軍飛行学校は「鉾田教導飛行師団」へと改編され、実戦部隊として作戦と教育を担うことになった。

東京陸軍航空学校を振り出しに、宇都宮陸軍飛行学校などを経て、本田実男さん（89）が同飛行師団に転属したのは8月。同期生94人は搭乗する機種によって、双襲班（2式複座戦闘機『屠龍《とりゅう》』）と双軽班（99式双発軽爆撃機）に分けられた。

「ちょうど47人ずつだったので、『おれたちは四十七士だ』とか言って粋がっていました」。本田さんは双襲班へ。「双軽は操縦がしやすく、機体も頑丈にできていた。後から登場した屠龍は飛ぶたびに翼の下のねじが緩むような、とても雑な造りだった」

44年10月、陸軍で最初の特別攻撃隊「万朶隊《ばんだたい》」が同飛行師団で編成された。隊長は双襲班の教官だった岩本益臣大尉で、隊員も助教の下士官たち。精鋭が集められ、出陣式が盛大に開かれた。

「そのうち俺たちにも特攻の命令が来るだろう」。漠然とした思いが、1カ月後確信に変わった。迷彩を施した屠龍50機が鉾田に到着。1人1機として、47人なので人数もちょうど合う。「もしや、これで突っ込めということか」。どの顔にも緊張が走った。

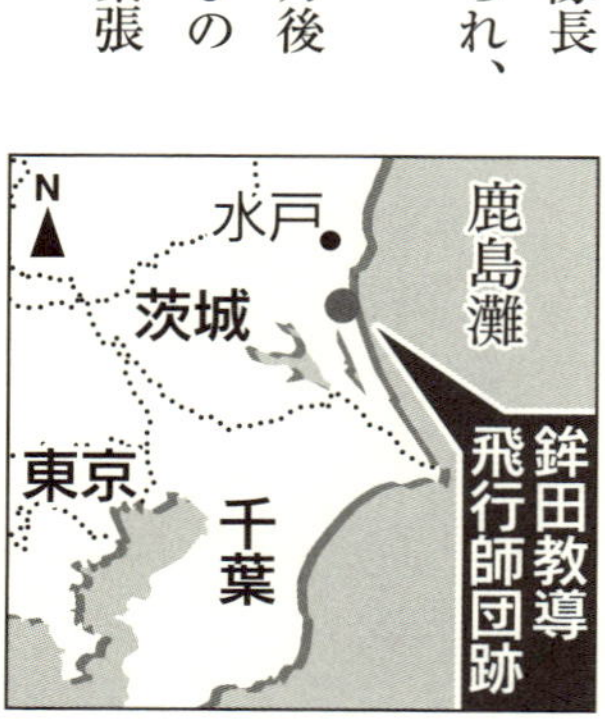

死が現実味を帯びる中、穏やかだった郷里での日々が脳裏によみがえった。本田さんは中島村（現熊本市）の出身。麦畑の畝で作ったスイカのおいしかったこと、仕掛けた罠《わな》でヒバリを捕って喜んだこと…。「あー、あの日に戻りたい」。懐かしさがこみ上げた。

いつ特攻の命令が下るか分からない。気持ちが晴れないまま、その日も飛行訓練に出掛けた。離陸してまもなくだった。操縦席の天蓋《てんがい》が風圧で開き、どうしても閉まらない。やむなく地上に戻った時、操縦席をのぞいた戦友が叫んだ。

「おい、コックが始動タンクになっているぞ。早く主タンクに切り替えるんだ」。始動タンクはエンジンを動かす際に使うため、燃料はわずかしか入っていない。つまり1回目は始動タンクのまま飛んでいたのだ。「もし天蓋が開かなかったら、上空でエンジンが停止し墜落していたに違いない」

生と死のはざまで揺れ動き、「気持ちも正常じゃなかったんでしょうね」。気を取り直し、本田さんはこの日、2度目の離陸態勢に入った。

●親友に特攻命令

本田さんは2度目となる訓練でもトラブルに見舞われた。離陸直後に右のエンジンが停止。「不時着した時、火災を起こす恐れがあるので、両方のエンジンのスイッチを切ったんです」

エンジンが完全に止まった屠龍は松林に突っ込み、次々と松の木をなぎ倒した。大木にぶつかり、前方に半回転。ようやく止まったものの、体が機体に挟まって身動きができない。どれくらいの時間がたっただろうか。「本田、大丈夫か」「しっかりしろ」。だれかが必死に叫んでいる。助かった—そう思った瞬間、意識が遠のいた。

医務室に収容された本田さんを、片時もそばを離れず励ましてくれたのが熊本市出身の大村秀一さん。41年10

月、一緒に東京陸軍航空学校に入校。同じ内務班で寝起きを共にし、その後も少年飛行兵として鉾田まで同じ道を歩んだ。「こういうのを腐れ縁と言うんでしょうね」。何でも言い合える、頼もしい存在だった。

しかし、親友との別れの時が訪れる。事故に遭った44年11月17日、大村さんに特攻隊の命令が下った。「死刑の宣告が下ったよ」。既に覚悟ができていたのか、友の表情はいつもと変わらなかった。

「本田、世話になったな」「礼を言うのはこっちだ。おれも後から行くから待っていろよ」。2人だけの時間が静かに過ぎる。さまざまな思い出がよみがえった。「もし事故がなければ、自分が特攻隊に指名されていたかもしれない」。その思いは戦後70年たっても消えない。

この日、命令が下ったのは大村さんが所属する「勤皇隊」と「皇魂隊」。同期は合わせて11人。宿舎で壮行会を開き、頭に包帯を巻いた本田さんも出席した。空中勤務者に支給されたビタミン配合の薬用酒やぶどう酒などを各自が持ち寄り、壁には「一機一艦」「轟沈《ごうちん》」などの言葉が躍った。

隊員たちが無言で入ってきた。大村さんを見つけると、本田さんはテーブルを乗り越えて駆け寄った。掛ける言葉は見つからない。固く抱き合う2人の目に、涙があふれた。

鉾田教導飛行師団時代の本田実男さん（左）と大村秀一さん（本田さん提供）

「隊員を励ます壮行会のはずが、涙の送別会になりました」。会場を覆うすすり泣きの声。ほかの隊員も親しかった戦友と抱き合い、最後の別れを惜しんだ。テーブルには手付かずのビタミン酒が残されていた。

●生と死の葛藤

44年11月24日、鉾田教導飛行師団で編成された特攻隊「勤皇隊」の出陣式。隊員の中には大村さんの姿もあった。

師団本部前の広場には在隊の将兵や女子挺身《ていしん》隊、役場、青年団、女学校などから多くの人が集まった。別れの杯を交わした隊員たちは見送りの列の前をゆっくりと通りすぎ、それぞれの愛機に乗り込む。上空で翼を振る特攻機。機影が見えなくなるまで、日の丸の小旗が打ち振られた。

「戦況がさらに厳しくなって、おれのときには見送ってくれる人がいるだろうか」。盛大な出陣式に参加しながら、本田さんは一抹の寂しさを覚えた。勤皇隊は44年12月、フィリピンのオルモック湾で敵艦船に突入する。

本田さんが預かった大村さんの手荷物や軍刀は、実家の兄を通じて大村家に届けた。「今、秀一の戦死ば言いよりました」。兄が訪ねたその時、愛息を失った母親はラジオの前で悲嘆にくれていたという。

後日、兄からこんな話も聞いた。一足先に大村家を訪れた新聞記者が、「おかあさん、おめでとうございます」と笑顔で言い寄ってきたという。「息子が死んで、めでたいはずがあるもんですか…」。兄に怒りをぶつけた母親の目から、またも涙がこぼれた。

その後も本田さんは飛行訓練を続け、青森県七戸で終戦を迎えた。「特攻隊の命令におびえ、1年近く生と死の葛藤に苦しんだ。負けた悔しさよりも、命が助かった安堵感《あんどかん》の方が強かった」。だれにも気付かれぬよう心の重荷を降ろした。

終戦から2カ月後、郷里に戻った本田さんにはまずやることがあった。大村さんの母親に会って、当時の状況を伝えること。しかし、何と言葉を掛けていいか分からず、足が向かなかった。

意を決して大村家の玄関をくぐった。母親は「実ちゃんな…」と言ったまま、黙り込んだ。「目の前にいる私が、息子だったらと思ったんでしょう」。その沈黙の長さが、わが子を亡くした悲しみの深さに思えた。

戦後は実家の農業を手伝った後、48年から82年の定年まで県警に勤務。助かった命を県民の治安のためにささげ、その後も75歳まで別の仕事を続けた。

鉾田で、大村さんと一緒に写った写真がある。親友2人を引き裂いた戦争。「憎んでも憎みきれない」

（2015年4月1～3日）

シベリアでの苦難　山田　真逸さん＝水俣市南福寺

シベリア抑留で死亡した日本人は5万人とも6万人とも言われている。「でも、それはラーゲリ（収容所）で亡くなった人の数。収容前の移送中に亡くなった人も多いんです」

1945（昭和20）年12月から約2年半、自らもシベリアに抑留された経験を持つ山田真逸《しんいつ》さん（90）は、今も凍土に眠る戦友たちに思いをはせる。

陸軍歩兵77連隊の通信中隊付衛生兵の時、北朝鮮の夢金浦《モグンポ》で終戦を迎えた。部隊は徒歩や列車を使って興南港に移動した。

同年12月29日、港には船尾にソ連の国旗を掲げた2千トン級の貨物船が待機していた。乗船口で、ソ連兵に防寒用手袋と靴下を手渡された。「日本に帰るのにこんなものはいらないはず」。言いようのない不安が襲った。

約3千人の日本兵を乗せた貨物船は、丸2日かけてナホトカ港に入港した。凍った港に船は接岸できず、荷降ろしで使うような大きな網に一度に50人ほどがクレーンでつり上げられ、上陸用のはしけ船に下ろされた。このとき、何人かが凍った海に転落した。「氷の海では絶対に助からないだろう」。順番を待つ人たちの表情が曇った。

同港から野営地まで歩いた。膝まで雪に埋まりながら、薄暗い山道を進む。「も

う動けない。放って置いてくれ」と泣きわめく人も出た。「まさに死出の旅でした」

3時間ほど歩いた午後10時ごろ、ようやく小休止。「既に体力も気力も限界。極寒の中でも全身は汗でびっしょりだった」。飢えと疲労で睡魔が襲う。眠らないよう気力を振り絞った。

15分足らずの休憩で、再び出発の命令が出た。ソ連の衛兵は、倒れ込んで動けなくなった日本兵の腹を蹴り上げたり、銃口で腹を突いたりして、無理やり立ち上がらせようとした。

それでも、雪の上に転がった親友の体は動かない。「おい、起きるんだ。眠ったら死んでしまうぞ」。何度名前を叫んでも、目を開けた状態で何の反応もない。自らが生きるため、前に進むしかなかった。

後方で乾いた銃声が響いた。「意識がもうろうとする中、隊列から外れたために逃亡とみなされ、銃殺されたんだと直感した」。野営地までのわずか約4キロの移送。「命を落とした人は20人を下らなかっただろう」

●大木落下で九死に一生

徒歩や列車を乗り継ぎ、最初に連れられてきたラーゲリは「チェランジ」と呼ばれていた。2年半に及ぶ山田さんのシベリア抑留が始まった。46年1月――。

高さ25~30メートルほどの松の大木が林立する中での木材伐採。2人1組で使う1・6メートルほどののこぎりで直径1メートルを超える大木を切り倒していく。1日のノルマは1人3立方メートルを切り出すこと。直径0・5メートル以上は4・5メートルの長さに切り、それ未満は6メートルの長さと決められていた。

作業も慣れた4月。山田さんを事故が襲う。伐採作業中、周囲の木に引っ掛かった大木を倒そうとした時、足の右すねにその大木が落下したのだ。しびれて感覚がない。事故を知らせるソ連の衛兵の銃声が「パーン」と山中に響いた。周りの人が駆け寄って倒木をどかし、山田さんを引きずり出した。

山田真逸さんのシベリア抑留時の記憶を基に知人が描いた絵

その日の作業が終了するまで、山田さんはたき火のそばで、痛みが激しくなるのをこらえながら待つしかなかった。同僚2人に肩を担がれ、収容所に運び込まれた。「あのときの痛みは死にも勝るものがあった。よく生きていたと思う」。九死に一生を得た経験を振り返る。

収容所の医務室で1週間を過ごし、別の収容所の病院に入院。日本人医師は「右下《か》腿《たい》複雑粉砕骨折」と診断した。しかし、エックス線写真を見る限り、ひびが入っているようにしか見えない。

「少しでも長く入院できるように、医師が配慮してくれたのかもしれません」。入院生活は3カ月に上った。

46年10月からは、再び「ヴィンコフ」と呼ばれていた収容所で伐採作業に従事した。「シベリアには秋がなく、10月でもふぶく。上から降るのではなく、雪が横から噴き上げてくる。目が開けられないことも珍しくなかった」

作業中、倒れた木の下敷きになって同僚が即死した。「切り倒す木の高さや方角を見誤って、命を落とす人は少なくなかった」。目の前で起きた痛ましい事故。雪は血で真っ赤に染まっていた。

満足な食事や休憩すら与えられず、過酷な労働の下で体力は日に日に消耗していく。「一歩間違えれば自分も…」。極限の緊張感だけが山田さんを支えていた。

●「我が青春に悔いあり」

シベリアで2年半の抑留生活を送った山田さんは、自らの体験を家族にも語ってこなかった。「日本に戻ってからもソ連兵に追い立てられ、行進させられる夢を何度も見た。つらい思いは胸にしまっておきたかった」

48年5月。ナホトカ港から京都・舞鶴港に帰還した。水俣市に戻って建設会社でしばらく働いた後、51年10月に水俣市役所に入った。「助かった命で市民に奉仕したかった」。妻タケノさん（87）との間に1男2女をもうけ、8人の孫にも恵まれた。

山田さんは生まれる直前に父を、母を5歳で亡くした。6歳の時、祖父と一緒に伯父を頼って北朝鮮へ。現地で面倒をみてくれた2人は、終戦前に日本に引き揚げたが、山田さんが復員した時は既に病気などで亡くなっていた。「抑留されていなければ恩返しもできたはずなのに…」。その思いは山田さんの胸から消えない。

つらい抑留体験を記憶から消し去りたい。一方で、「歴史上、抑留という事実があったことを記録として残したかった」。市役所在職中の55年ごろから、呼び起こした記憶を少しずつ書き留めてきた。

水俣市と津奈木町の抑留経験者でつくる団体にも所属したが、既に鬼籍に入った人も多い。60万人ともいわれるシベリア抑留者。戦後70年を迎えた今も、「補償や検証が十分になされたとは言い難い」と山田さん。

戦後、抑留経験者らは日本政府に対し、強制労働の賃金支払いを求める訴訟などを起こしたが、敗訴が続いてきた。

2010年には特別給付金を支給する特別措置法（シベリア特措法）が成立した。しかし、山田さんらは「抑留者」とあいまいに定義され、国際法で人道的扱いと労働賃金を受け取る権利などが補償された「捕虜」とは認められていない。

「どこで死んだかも分からない戦友や遺族の気持ちを思うと、やりきれない」。抑留体験をつづった山田さんの手記のタイトルはこうあった。

「我が青春に悔いあり」—。

（2015年4月8～10日）

10代で教壇に　宮本　雅江さん＝八代市岡町

「戦後はすっかり忘れていたんですが、あの写真を見た瞬間、70年前にぱっと戻った気がしました」

２０１５年2月。宮本雅江さん（86）は、八代市立博物館友の会の会報を見て驚いた。掲載されていたのは、市内で前年に見つかった艦上爆撃機「流星」の一部。風防と呼ばれる操縦席を覆う窓部分で、見覚えがあった。思わず博物館に電話した。

「あの飛行機は本当に飛んだんでしょうか。私も製造にかかわっていたんです」

太平洋戦争末期の１９４５（昭和20）年1月。宮本さんは「三陽航機」という八代市内の軍需工場への動員を命じられた。当時16歳。生まれ育った大阪から父の郷里・八代に強制疎開し、八代高等女学校（現八代高）に編入したばかり。金づちも使ったことのない自分がまさか戦闘機の部品を製造するとは思いもしなかった。

「流星」は太平洋戦争末期に製造され、当時最新鋭の爆撃機だった。宮本さんが担当したのは最も重要な操縦席の最前面部。モンペ姿に頭には日の丸の鉢巻きを締め、朝から夕方まで「風防」を組み立てた。しかし、ネジの材質が悪かったせいか、電動ドリルで締めようとすると、ふにゃふにゃ曲がって何度も失敗した。指導官に連日叱られたことは嫌な思い出として残っている。

風防最前部のジュラルミンの厚さは1センチもなく、命を守れるとは思えない薄さだった。しかも造っているのは年端も行かない女の子。「兵隊さんはこんな飛行機に乗って戦地に行くなんて、本当に大丈夫なんだろうか」。失敗続きの作業の中で、そんな思いも頭をかすめた。

しかし、当時は自分が爆撃機の製造にかかわっていることに疑問はなかった。「天皇陛下中心の国家を第一に考えよという戦時教育をずっと受けてきた私たちにとって、そんな時代の空気は当たり前でした」

軍需工場で爆撃機を造り始めて3カ月後の45年4月。女学校卒業とともに動員から解放されたのもつかの間、今度は代用教員になることを求められた。宮本さんは10代で、子どもたちに軍国主義や皇国主義をたたき込む教育の最前線に立たされることになる。

●教室は防衛部隊宿舎に

16歳だった宮本さんが、地元の龍峯国民学校(現龍峯小)で代用教員としての第一歩を踏み出したのは45年4月。米軍が沖縄に上陸し、九州南部も本土防衛の第一線として、防衛部隊の配備が進められていた。

学校とは名ばかりで、教室の一部は防衛部隊の宿舎となり、授業は田植えの手伝いや肥料作りなどがほとんど。「一億総玉砕」の志と「忠君愛国」の精神をたたき込む教育の徹底が求められた。

やがて空襲が激しくなり、各地区の社寺や集会所などに分かれて授業をする分散教育が始まった。田植え作業中に空襲警報が鳴ると、宮本さんは子どもたちを抱え込むようにして田んぼの泥水の中に這《は》いつくばり、息を殺して敵機が去るのを待った。

それでも、宮本さんは日本の勝利を信じて疑わなかった。「新聞やラジオでも敵艦を沈めたとか、日本が勝っているという情報しか伝えられなかった。私の周りでは誰も日本が負けているとは思っていなかったと思う」

8月9日午前11時すぎ。宮本さんは分散教育現場の寺にいた。突然、空襲警報が鳴り、ラジオが「全員退避!

【代用教員】 戦前の小学校などに配置された教員資格を持たない教員。戦時中、男性教員が出征するなどして教員不足が深刻化し、無資格者を代用教員として教壇に立たせた。

代用教員時代の宮本雅江さん（後列の左端、本人提供）

退避！」と叫んだ。慌てて本堂の床下に子どもたちと潜ったと同時に、鏡に反射したような異様な光を感じた。雲仙岳の方角に目をやると、上空にきのこ形の雲。しばらくたって、長崎に落ちた原子爆弾だと知った。

物心ついた時から満州事変、日中戦争と続き、女学校時代は太平洋戦争。「私にとっては戦時下の状況が日常だっただけに、早く終わってほしいと考えたこともなかった」。宮本さんは振り返る。

8月15日。ラジオは日本の無条件降伏を伝えた。「耐え難きを耐え、忍び難きを忍び」という、初めて聞く天皇陛下の声に胸がいっぱいになった。しかし、戦争は生きている限り続くものと思っていた宮本さんの受け止めは違った。「『戦争もこれからが大変だから、耐え忍んで頑張れ』という天皇陛下の激励だと思っていた」

戦時体制からの解放によって空襲のない平穏な日常になったものの、教育現場では終戦に伴う価値観の転換を迫られる。

●敗戦国の最後の抵抗

敗戦直後、地域や学校の責任者らが県に集められた。戻ってきた校長が教員たちに指示したのは、意外な内容だった。

「進駐軍が日本に上陸してくるまでの1カ月間、子どもたちに皇国精神をたたき込むように」

校長は広い教室に児童らを集め、黒板に「菊池武時」と大きく板書。命賭けで後醍醐天皇に忠義を尽くしたとされる中世の熊本の武将を例に、いかに皇国精神が大事かを熱弁した。「今では笑えますが、敗戦国としての最後の抵抗だったのでしょう」。当時、龍峯国民学校の代用教員だった宮本さんは、この光景を鮮明に覚えている。

敗戦によってすべてが一変した。教育現場では従来の戦時教育を捨て、戦後民主主義への転換を求められた。

進駐軍が入ってくると、転勤先の太田郷小にいた宮本さんは指示に従い、子どもたちに教科書の国家主義や軍国主義に関する言葉を黒塗りさせた。戦時中は何よりも大切にされた奉安殿（天皇皇后両陛下の写真と教育勅語を納めた建物）も他の教員らと壊した。

「天と地がひっくり返ったような過去との断絶に、戦争から解放された喜びより、戸惑いの方が大きかった」

終戦の翌年の46年から教職員の再教育が始まり、月に数回、民主主義や新しい日本の教育の考え方を学んだ。

「米国の民主主義ではなく、日本人に合った民主主義をあなたたちがつくってほしい」。八代で講演したピーターソンという米軍政官の言葉に目が覚めた気がした。「教育を全部やり直して次の世代を担う子どもたちを育てていかなければならないと強く思った。きつかったけど、私は再教育で救われた」

宮本さんは今年3月、八代市立博物館に展示中の「流星」と、70年ぶりの対面を果たした。不思議と懐かしさがこみ上げた。

「戦時中は大変でしたが、私には青春の1ページ。ただ、子どもにまで爆撃機を造らせなければならなかったことを思うと、日本がいかに切羽詰まっていたかを実感する」

今回、「流星」が終戦の日に特攻攻撃に使われていた事実を初めて知った。「戦時教育を受けてきた私があらためて思うのは、教育の怖さと大切さ。なぜこんな悲惨な戦争が起きたのか、真実をもっと子どもたちに伝えていく必要があると強く思います」

（2015年4月15～17日）

陸軍エリートへの道　美作　博さん

＝合志市豊岡

５歳の時に満州事変があった。日本が国際連盟を脱退したのは６歳の時。９歳では二・二六事件があった。大好きな大相撲の中継と同様、かじりつくようにして聞いていたラジオのニュース。「時代が軍国少年を育てていった」

熊本から、陸軍を背負って立つ人材を多く輩出した熊本陸軍幼年学校。卒業生らでつくる「熊幼会」の会長、美作《みまさか》博さん（88）は１９２６（大正15）年、熊本市で生まれた。

実家は呉服の商いをしていた。３人の女の子に続き、初めて生まれた男の子。両親は「小学校を卒業したら商業系の学校に進み、いずれ家業を継いでくれるはず」と思っていた。だが、美作さんの腹は決まっていた。

「俺は済々黌に行く」。当時、中学済々黌（現済々黌高）には軍人を志す多くの少年が集まっていた。美作さんは、その先にある陸軍幼年学校も見据えていた。

陸軍幼年学校は戦前、熊本など全国６カ所に置かれた。生徒たちは13～14歳で入学し、３年間在籍。さらに陸軍士官学校か航空士官学校で学んだ後、少尉として任官し、陸軍のエリートとしての道を歩んだ。

済々黌に入学したばかりの美作さんが「次は幼年学校に行く」と宣言すると、家族

【熊本陸軍幼年学校】　1897（明治30）年、熊本市の熊本城内に設置された。全国に６カ所あった陸軍幼年学校が東京だけとなった1927～37年まで一時閉鎖されたが、40年に清水台（現陸上自衛隊北熊本駐屯地）に移転。45年、終戦とともに廃校となるまで2828人の卒業生を輩出した。

から「通るもんか」と言われた。幼年学校の合格率は「70人に1人」とも言われていた。

当時の済々黌は1学年250人程度。そのうち60人くらいが「幼年学校受験組」として、入学試験に備えた。1年生の時は病気がちだった美作さん。2年生になって念願の受験組に入り、猛勉強を重ねた。教師らも放課後まで付き合ってくれた。

幼年学校の入学試験は全国一斉。合格しても、どこの学校に振り分けられるのか分からなかったが、美作さんは熊本陸軍幼年学校への入学を決めた。「地元でよかった。休みの日は実家に帰ることができる」。今で言えば中学生。あどけなさも残っていた。

憧れの熊本陸軍幼年学校に入学したのは41年4月。日中戦争は泥沼化し、日本を経済的に封鎖する包囲網も狭まっていた。米国との開戦も8カ月後に迫っていたが、入学したばかりの美作さんはまだ意気揚々としていた。

「末は陸軍大臣だ」

●命落とした幼年学校生

熊本陸軍幼年学校があった熊本市北区の陸上自衛隊北熊本駐屯地に、「遥拝台」と呼ばれる石の円盤が残っている。中心に熊本。各地の方角が一目で分かり、生徒は毎朝、皇居と自分の故郷を向いて拝礼していた。

「起床から消灯までラッパ一つで動いていた」。美作さんは幼年学校時代を振り返る。

月曜から土曜まで、校内の「生徒舎」で寝起きする集団生活。消灯ラッパの音色で古里を思い出し、泣きだす生徒もいた。勉強では精神訓話や軍事教練のほか、旧制中学と同様に国語や数学、外国語なども学んだ。

「聞けーっ」。41年12月8日、点呼のため並んだ生徒たちは教師に一喝され、太平洋戦争が始まったことを告げられた。「俺の運命は決まった」。美作さんは腹をくくった。

「一発必中が求められる日本と違い、100発撃って1発当たればいい。アメリカとはそんな国だ」。それまでの勉強から、国力の差を知っていた。

次第に形勢不利になっていく日本。開戦から1年が過ぎると、同期生が戦闘に巻き込まれた。43年3月19日、日本の統治下にあった台湾の沖合。客船「高千穂丸」が、米潜水艦の魚雷攻撃を受けて沈没した。犠牲者約840人の中には、春季休暇を利用して台湾の親元に帰省中だった各地の幼年学校生7人も含まれていた。このうち3人は熊本の同期生だった。

熊本陸軍幼年学校時代の美作博さん（本人提供）

休暇が明け、生徒らの間に「3人はなぜ出てこないんだ」と動揺が広がった。真相を知らされたのは1週間ほどしてから。亡くなった同期生の机を整理中、手紙のようなものを見つけた。

「休暇中の事故として死ぬのは天皇陛下に申し訳ない…」。高千穂丸に乗船する前にしたためられた〝遺書〟だった。「ここまでの覚悟をして、海を渡っていったのか」。悲しみがこみ上げた。

幼年学校生7人はその後、救命ボー

トを民間人に譲り、命尽きるまで救助活動を続けたことが判明。同期生らが掛け合い、東京の靖国神社に祭られた。毎年3月19日、美作さんらの手で慰霊が続けられている。

●「国の再建に尽くせ」

戦況が悪化する中、美作さんは44年2月、同校を卒業。いずれも埼玉県内にあった陸軍予科士官学校、さらに航空士官学校へと進んだ。

45年3月10日未明。当時いた埼玉の高台から、東京方面の上空が真っ赤になっているのが見えた。東京大空襲だった。「市民を巻き添えに、ここまでやるのか」。怒りがこみ上げても、なすすべがなかった。

航空士官学校で戦闘機操縦科に配属されたものの、関東地方の空襲が激しくなり、安全に訓練することが難しい。その年の7月、士官候補生らは満州に渡り、パイロットとしての技術を磨くことになった。

船で朝鮮半島に渡るため、京都の舞鶴港を出港。しばらくすると「ドーン」という爆音が響いた。機雷との接触。水深が浅かったため、完全な水没は免れた。再出港まで待機している間、不穏な情報が入った。「広島と長崎に新型爆弾」「ソ連が参戦」。満州行きは中止となり、そこで終戦を迎えた。

航空士官学校に戻った美作さんは「徹底抗戦すべきだ」という周囲の声に触発された。「山に立てこもってでも戦い続ける」と覚悟を決めたが、ある中隊長の言葉を聞いてわれに返った。「君たちは若い。戦いをやめて教育を受けなさい。そして国の再建に尽くしなさい」

熊本に戻り、医師を目指した。第五高等学校（現熊本大）の編入試験に合格し、学校に行きだした直後、入学を取り消された。連合国軍総司令部（GHQ）が、軍務経験者の大学入学を全体の1割に制限したためだ。

「負けたのだから仕方ない」。そう思い、損保会社で黙々と働いた。人の上に立つ立場になると、幼年学校で教わった心構えを何度も思い返した。「水筒の水を全部飲んでしまうな。部下に飲ませる分をとっておけ」

熊本陸軍幼年学校の関連資料を集め、北熊本駐屯地内の資料館に展示を続けている。「平和な世の中が簡単にやってきたわけではない。展示品を見て、そのことを知ってほしい」。終戦前後に多感な時代を過ごした、美作さんの思いだ。

（２０１５年４月21～23日）

牛馬にも〝召集令状〟 宮川 長吉さん＝氷川町

堂々とした体格の雄の黒牛。みんな「クロ」と呼んでかわいがっていた。実に頼もしい〝家族〟の一員だった。まだ小さかった宮川長吉さん（87）は、学校から帰ると牛の餌の草刈りが日課だった。宿題や遊びは後回し。「大好きなクロのためと思うと、苦に感じることは一度もなかった」。わらにカヤやレンゲソウを混ぜた餌を、クロはおいしそうに食べた。

農業が機械化されていなかった時代、農家にとって牛や馬は一家を支える大切な働き手だった。

宮川さんが生まれた下松求麻村（現八代市坂本町）でも農耕や木材搬出などで活躍。糞《ふん》は貴重な堆肥になった。「足の長い馬は小回りが利かず、段々畑のような狭い土地では牛の方が使いやすかった」。村では7対3の割合で牛の方が多かったという。

1937（昭和12）年、10歳の時に日中戦争に突入。戦火の長期化は、牛馬と暮らしてきた村に大きな影を落とす。宮川さんの記憶では確か39年、40年ごろ。村のあちこちで「徴発」の話を聞くようになった。

「徴発」は牛や馬への召集令状。軍が強制的に買い上げ、軍事用の資源として取り扱うのが目的。牛の場合、肉は兵士らの缶詰用として、皮は軍靴や背のうなどに使われた。海を渡って戦場へと送り込まれた馬も多かった。

【戦中の動物たち】 戦争の長期化に伴い、牛や馬が食用や軍馬として徴発され、飼い犬の献納運動なども展開された。動物園では空襲による脱走を警戒し、猛獣が次々と殺処分された。

「うちにだけは来ないでくれ」。不安を打ち消すため、宮川さんは毎日祈った。だが、願いもむなしく、役場から徴発の通知が届いた。「クロへの死刑宣告。間違いであってほしいと何度思ったことか…」。1枚の紙切れが一家を悲しみの底に突き落とした。

ついに〝出征〟の日が訪れた。赤飯が炊かれ、水できれいに洗い清められたクロ。2本の角には日の丸の旗が結ばれた。近所の人たちに見送られ、父親に引き連れられたクロは約6キロ離れた食肉処理場を目指した。

宮川さんもたまらずに後を追った。「二度と会えなくなるかと思うと、涙が止まらなかった」。死の行軍—父親もさぞ悔しかったのだろう、ずっと無言だった。

目的地に到着したクロは、パタリと動かなくなった。「何か嫌な予感がしたんでしょう」。係の人が強引に引っ張ろうとしたその時、一瞬後ろを振り返った。「モー」。悲しげな鳴き声が、宮川さんには別れの挨拶《あいさつ》に聞こえた。

●食肉処理された「クロ」

軍に徴発され、食肉処理場に運ばれたクロは2日後に処分されたと聞いた。「肉は恐らく兵士用の缶詰になったんじゃないでしょうか」。戦争遂行という名目の下、〝家族〟を奪われた宮川さんの心の傷は、戦後70年たっても癒えることがない。

「同じ徴発でも戦地に送り込まれた馬の方が、お国のために頑張っていると思える分、まだ救われる。クロのように命をささげて終わりでは、あまりにも悲しすぎる」

クロを見送った宮川さん。自身は熱烈な軍国少年だった。41年、国民学校高等科2年の時に太平洋戦争が開戦した。「クロに続き、自分も命をささげる覚悟はできていた」。職業軍人に憧れたが、体格が小さく夢を断念した。

「満州（現中国東北部）はどうか…」。当時の校長が熱心に勧めたのが、満州の開拓と警備を担う満蒙開拓青少

九州配電青年学校時代の宮川長吉さん（前から２列目の左から３人目、本人提供）

年義勇軍だ。気持ちは固まりつつあったが、母親が猛反対。「満州に渡っていたら、終戦時の混乱に巻き込まれ、今ごろはこの世にいなかっただろう」。母親には感謝の言葉しかない。

「軍隊に入らず、肩身の狭い思いがずっとあった」。先輩の紹介で九州配電（現九州電力）に就職したのは42年4月。現場での研修と軍事教育を行う同社の青年学校とを半年ずつ行き来した。

青年学校では電気の知識を学ぶ一方、銃を担いだり、ほふく前進の訓練などに明け暮れた。配属将校が目を光らせ、気の抜けない毎日。「氷を割った堀の水で顔を洗った。恐らく何かの訓練だったんでしょう」

幼なじみの同僚は鉄塔の上で作業中、機銃掃射を浴びて亡くなった。空襲で切断された電線の復旧作業に当たっていたある日、上司から「昼前で仕事を切り上げろ」と指示が飛んだ。正午、終戦を告げる玉音放送が流れた時、全身からどっと力が抜けた。

定年まで九州電力に勤務し、合併前の旧宮原町で教育委員も務めた。軍国少年へと突き進んでいったわが身を振り返り、教育の大切さを訴える。

約20年前、町などが戦争体験集を出版した。宮川さんも一文を寄せた。「戦争といっても軍歴があるわけでもない。この際、クロのことを知ってもらおう」。ペンを走らせながら、涙が止まらなかった。

「牛馬にも召集令状」―。見出しにはこの後、副題が続く。「戦争による犠牲は人間ばかりではなかった」

（２０１５年4月28、29日）

軍服に憧れた少年　瀬戸 致行さん＝人吉市西間上町

青色で塗られた巨大な軍艦や上空を舞う飛行機、海面に立ち上がる水柱—。

この勇ましい絵の〝作者〟は医師の瀬戸致行《ちこう》さん（81）だ。「子どもがこんな絵を描くんですから、恐ろしい時代でしたよ」。戦時中、国民学校に通っていた頃の1枚だという。

「こんなものもありますよ」。そう言って、ファイルから取り出したのが、同じ頃に学校で書いたという毛筆の書。「靖國神社參拜《やすくにじんじゃさんぱい》」の文字が、約70年前の時代の空気を伝える。

長崎市生まれ。幼い頃、裁判官だった父の仕事の関係で博多に住んだ。日中戦争の戦火が拡大する中、大陸に出征する兵士3人が自宅にも民泊。夕食をともにし、短剣に触れて喜んだ記憶がある。

「翌朝、凛々《りり》しく軍装を整えた兵隊さんたちを外まで見送った」。ほかの家からも三々五々と姿を現し、隊列を組んで出征していく光景は、今もまぶたにまぶしく映る。

１９４１（昭和16）年12月の太平洋戦争開戦は大阪で迎えた。国民学校2年の時。「正義の戦争だ。日本が負けるはずがない」。街中にこだまする万歳の声を聞きながら、高揚感に胸を高鳴らせた。

一方で、不安にも襲われた。「だれもが天皇陛下のために死ぬことを名誉だと信じていた時代。戦争で死ぬのが怖かった自分を、恥ずかしく感じたこともあった」

開戦に伴い、食べ物や衣類は配給、切符制度となり、国民は「欲しがりません、勝つまでは」を合言葉に耐乏生活を強いられた。「検事になっていた父は、闇取引を取り締まる立場。魚屋が母に差し入れた魚も、『こんなもん、もらってはいかん』と言って、決して受け取ろうとしなかった」。空腹の日々が続いた。

43年、一家は瀬戸さんが肺の病気を患ったため、少しでも食料事情のいい熊本市に転居した。「父は大阪で次席検事だったが、子どものために降格まで願い出てくれました」。瀬戸さんは病気療養のため学校を1年間休学。母親の里の球磨村から届けられる米が救いだった。

開戦から2年。まだ空襲の被害はなかった。海軍兵学校の白い軍服に憧れ、真珠湾攻撃の9軍神を扱った映画に感激した瀬戸少年。この後、日本がさらなる試練を強いられるとは思ってもいなかった。

瀬戸致行さんが子どもの頃に描いた軍艦の絵

●一生分食べたカボチャ

44年、瀬戸さんは、父親の転勤に伴い家族で熊本市から鹿児島市に転居した。

転校先の学校では鉄棒や走り高跳び、跳び箱などがあった。「体が弱かったので、肩身が狭かった」。若い人たちが戦地へと動員されていく中、学校の指導で早朝の新聞配達にも駆り出された。

当時は両親と父方の祖母、兄弟3人の6人暮らし。鹿児島市が大空襲に見舞われたのは45年4月8日。自宅の窓は粉々に割れ、爆弾の破片が家の柱に突き刺さった。「ここにいては危ない」。一家は自宅の床下に掘った防空壕《ごう》から、近くの大きな壕に避難した。

途中、乳児を背負った若い母親が「病院はどこですか」と尋ねて回っていた。乳児の両耳からは血が流れ、その体はぐったりとしていた。「医者がいるわけでもない。きっとあの子は助からなかったでしょう」

壕内にも、目を覆いたくなる光景が広がっていた。片足をもぎとられた人や、衣服を血で真っ赤に染めた人たち…。戦争の恐怖が現実のものとして、全身を駆け抜けた。

一家は母親の里の球磨村に疎開することになり、祖母と2人、一足先に汽車に飛び乗った。「途中、何度も空襲に遭い、その都度、線路沿いの畑に身を隠した。生きた心地がしなかった」。村に到着した日の夕方。雨戸を閉める大きな音に驚き、「空襲だ」と外に飛び出した。「大丈夫だよ」。叔母が優しく抱き締めてくれた。

「おい、みんなラジオの前に集まれ」。8月15日、父親の説明で敗戦を悟った。「悔しさはなく、抑圧された生活から解放されることの方がうれしかった」。翌9月、人吉市の父親の実家に戻ったが、戦後も食料難は続いた。サツマイモを入れた麦ご飯と、フキを入れただけの味の薄いみそ汁。サツマイモのつるやカボチャの花…口にできるものは何でも食べた。「カボチャは一生分食べたので、今もって食べる気がしません」。体を壊した父親は弁護士を開業。生活は苦しく、鶏を飼って、母親が卵を売って歩いた。

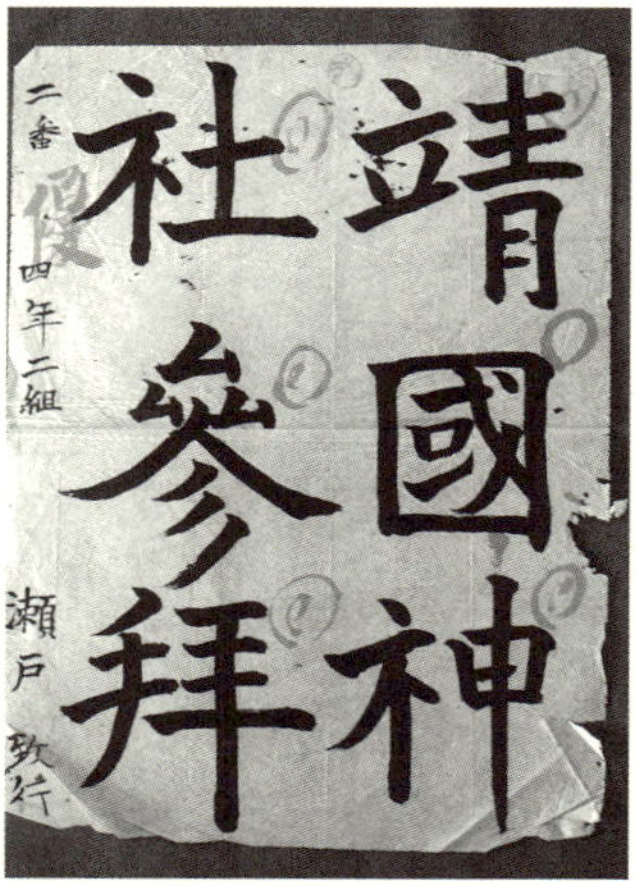

瀬戸致行さんが書いた子どもの頃の習字

瀬戸さんは熊本大医学部を卒業後、勤務医を経て、71年に産婦人科医院を人吉市内に開業。2007年に分娩《ぶんべん》をやめるまで、約1万5千人の誕生に立ち会った。高齢もあり、この春に医院を閉じた。

「自分が取り上げた赤ちゃんが、大きくなって戦場に行くなんて考えたくない」。9条の会に名を連ね、日本の未来を気にかけている。

（2015年5月8、9日）

18時間の漂流　宮本 憲一さん＝大津町

「息が苦しくて目を覚ましたら海の中だった。何が起きたのか訳が分からず、もがいて海面から顔を出した。乗っていたはずの警備艇の姿はどこにもなかった」

1945（昭和20）年1月の夜。日本軍が占領したシンガポールの海軍水上警備隊員だった宮本憲一さん（87）は、マラッカ海峡で陸軍部隊約150人の輸送に当たっていた。突然、米潜水艦の魚雷が警備艇に命中。甲板で寝ていた宮本さんは爆発とともに海に吹き飛ばされた。

「肺に海水が入れば生き残れない。絶対に海水は飲むな」「海中に引き込まれるので、沈む艦船の渦から一刻も早く離れろ」。新兵教育の時に、厳しくたたき込まれた指導が頭をよぎった。

暗闇の中を必死に泳いでいると、目の前に5人がつかまった1畳ほどの木の板が現れた。「助かったー」。宮本さんも無我夢中で手を伸ばした。

上はランニングシャツ1枚。南の海とはいえ、数時間も漬かっていると体の芯から冷えてくる。次第に口から泡が噴き出し、目がうつろになってくる。「体力を消耗し、両親や妻子の名前を叫びながら、一人また一人と海の中へと沈んでいった。自分のことで精いっぱい。とても他人を思いやる余裕なんてなかった」。宮本さんは唇をかみしめる。

夜が明け、板につかまっていたのは、最も若かった宮本さん一人だった。次第に周囲の

【シンガポール攻略】　太平洋戦争が始まった1941年12月、日本軍は英国領だったマレー半島に上陸し、南方へと侵攻。翌42年2月、英国の植民地だったシンガポールを占領し、「昭南市」と改名した。

状況が分かり、がく然とした。見渡す限り、兵士の遺体が海面を漂っていた。よく見ると、手足や頬のない遺体もあった。「サメに食い荒らされており、そりゃ無残だった」。今でも凄惨《せいさん》な光景が脳裏に焼きついている。漂流して18時間たった翌日夕、ようやく日本軍の警備艇に救助された。

70年たった今でも時々、意識がもうろうとしながら漂流している夢を見るという。「ハッとして目を覚ましては『夢でよかった』と深いため息が出る。戦死した戦友や上官の顔もはっきりと思い出す。17歳の少年にとって、あまりにも衝撃的で悲惨な光景だった」。宮本さんは静かに目を伏せた。

●魚雷で輸送船沈没

宮本さんは宮崎県飫肥《おび》町（現日南市）で、8人きょうだいの四男として生まれた。

地元の国民学校を卒業した宮本さんは先生になるため師範学校に進みたかったが、経済的理由から断念。42年9月、志願して佐世保第2海兵団（長崎県）に入隊した。3カ月間の新兵教育を受けた後、横須賀市の機雷学校で魚雷やソナーなどを学んだ。

サッサッサッサッ…。教室のスピーカーから流れるさまざまなスクリュー音を繰り返し聞かされた。スクリュー音の違いから、戦艦や空母、潜水艦など艦船を聞き分ける訓練だった。「音はスクリューが何個付いているかでも変わる。来る日も来る日も聞かされ、耳にたこができるほどだった」

43年6月にシンガポール派遣を命じられた。しかし、ミッドウェー海戦の大敗北以降、輸送する艦船が不足。9月になってようやく輸送船4隻で出港した。

台湾近くを航行中、2隻に米潜水艦の魚雷が命中した。真夜中、ドーンというごう音とともに火柱が上がり、2隻ともあっという間に海底に沈んだ。「生死は紙一重。あの状況では、自分が犠牲になっていてもおかしくなかった」。当時の恐怖がよみがえる。

急きょ、台湾の高雄港に避難したが、翌日昼すぎには出港。フィリピン沖を通って、何とかシンガポールの軍港にたどり着いた。

シンガポールで海軍の水上警備隊に配属された宮本憲一さん＝１９４４年２月（本人提供）

水上警備隊に配属され、イギリス軍から奪った警備艇でマラッカ海峡を警戒した。米軍の爆撃機や戦闘機による空襲も頻発。「甲板などにヤシの葉をくりつけ、カムフラージュしたつもりでいたが、航空機の攻撃には無力だった」。近くの島陰に隠れるか、抵抗せずにやり過ごすしかなかった。

ある時、シンガポールの軍港で、停泊中の輸送船が積んでいた爆雷約100個とともに大爆発。抗日ゲリラの攻撃だった。

埠頭《ふとう》には輸送船から吹き飛ばされ、手足がちぎれた遺体が散乱。艦内で清掃作業にあたっていた華僑の少女が倒れていた。長さ1メートルの鉄製の棒が腹部を貫通。目を大きく見開き、何かを訴えようとしている様は、とても正視できなかった。

「幼い民間人までが一瞬で命を奪われるとは…」。戦争の残酷さに、宮本さんは全身を震わせた。

●敗戦…2年の抑留生活

「兵隊さん、知っていますか。アメリカがヒロシマとナガサキに新型爆弾を投下し、大きな被害が出てます。日本は近く戦争に負けますよ」

宮本さんは45年8月、現地シンガポールの華僑から聞かされた情報に衝撃を受けた。「上官からは何も知らされていなかったので、にわかに信じられなかった」。華僑は日本の戦況に詳しかった。

数日たった8月15日夕。上官から、広島、長崎への原爆投下と日本の敗戦を知らされた。子どもの頃から「鬼畜米英」と教え込まれていたため、「米英軍が進駐すれば日本兵は虐殺される」といううわさが隊内に広まった。「殺されてたまるか」。ジャングルに逃げ込む兵士も少なくなかった。

日本兵は収容所に送り込まれ、進駐してきた英国軍の艦船の掃除や将官宿舎の掃除、草取りを命じられた。「英国兵はとても優しく礼儀正しく、これが紳士かと感心した」。心が通じた瞬間、凝り固まった鬼畜米英の教えが覆った。

ショックを受けたのは、中国系の華僑やインド人、マレー人など現地人の手のひらを返したような態度。日本人に対して「ヘイ、ジャップ、カモーン」と罵声が飛んだ。「戦争に負けるとはこういうことなのか」。敗戦の悲哀を身をもって感じた。

抑留生活は2年におよび、47年9月に帰国を果たした。しばらく農業を手伝い、飫肥《おび》町（宮崎県）の臨時職員に応募。広域合併後、日南市役所職員として長年、農林土木などに携わった。定年退職後、益城町の次男の誘いもあって、15年ほど前に夫婦で大津町に移り住んだ。

戦後70年、憲法改正や集団的自衛権の行使容認が盛んに論議される。「14、15歳で実戦を経験した私たちが最も若い世代。今の政治家は、戦争の本当の恐ろしさを知らなすぎる」と語気を強める。

「憲法9条が改正されれば歯止めが利かなくなる。日本はアメリカと一緒に世界で戦争をする国になるのではないか」。宮本さんの懸念は尽きない。


（2015年5月13～15日）

満州からの引き揚げ　村上　百合子さん

＝熊本市東区山ノ内

「初めて見る大陸はのどかで、戦争一色だった内地とは違って平和そのものでした」。江田村（現和水町）出身の村上百合子さん（93）が満州（現中国東北部）に渡ったのは1943（昭和18）年12月。先に暮らしていた姉、安田房子さんの出産を手伝うためだった。

姉たちがいた本渓湖市《ほんけいこ》（現本渓市）には大規模な製鉄所があった。めいの誕生後も村上さんは残り、子ども4人を抱えた姉夫婦を支えながら製鉄所の電気課に勤めた。

45年2月、村上さんは結婚する。夫の時雄さんは、もともと八幡製鉄所でキャリアを積んだ技術者。御船町生まれで、互いに熊本出身という縁で結ばれた。内地では満足な結婚式もなかなか挙げられなかった時世にも、晴れ着姿で門出を迎えられた。「幸せな新婚生活だった」と振り返る。

「技術者だった夫が戦場に駆り出されることはなかった。ただ、義兄には前年（44年）に召集令状が来て、わが家の平和も戦争に脅かされ始めていました」。一家が大きく翻弄《ほんろう》されるのは、むしろ戦後だった。

45年8月15日。村上さんは、大陸にじりじりと照り付けた真夏の太陽が忘れられないという。ラジオから聞こえてきた玉音放送。「はっきりとは聞き取れなかったけれど、戦争は終わったらしいと。みんな半信半疑で、しばらくはぼうぜんとしていました」。不安と安堵《あんど》感が入り交じった。

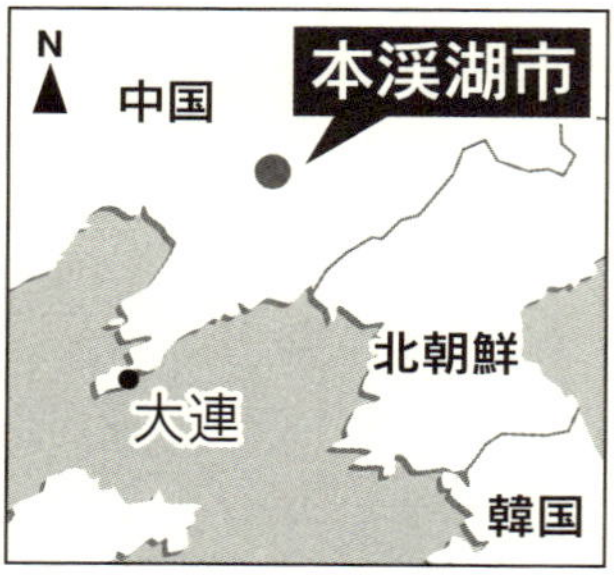

この日を境に一転したのは現地の中国人の様子だった。それまで日本人にこき使われてきた人たちが「立場は逆になった」。日本人は身を固くした。

「広島と長崎は大型爆弾で全滅した」と悲惨な話も伝わり、満州北部へのソ連侵攻が不安をあおった。南部の本渓湖市にもやがて侵攻してくるとのうわさが広がり、恐れおののいた。

身を隠すため、隣組が総出で、社宅を仕切った70センチほどの分厚いコンクリート壁をくりぬいた。天井や床下にも隠れ場を急ごしらえ。「ソ連兵は子どもに危害を加えない」との話を信じ、見張り番には子どもを立たせ、兵隊が来たら大声で知らせるように言い聞かせた。

女性を守るため、売春婦を差し出すこともあった。「犠牲になった女性たちは本当にかわいそうだった」。ソ連軍は製鉄所の機材などを解体して持ち去った。そして、入れ替わるように押し寄せてきたのは「八路軍」と呼ばれた共産軍だった。

●国共内戦で暴動

ソ連軍侵攻に続いて45年の秋以降、満州は中国共産党と国民党による国共内戦の舞台となった。村上さんの家族が暮らした本渓湖市でも「八路軍と呼ばれた共産党軍の暴動が始まりました」。

夫婦で勤めた製鉄所の社宅も数人に押し入られた。女性や子どもは別の場所に避難していたが、姉の義父で当時70代だった「光次おじいさん」は一人残って彼らと対峙《たいじ》した。めぼしい物品を奪われたが、しばらくすると

【国共内戦】 中国の国民党と共産党による内戦。第１次世界大戦後の反日愛国運動では「国共合作」と呼ばれる共同歩調をとったが、1927（昭和２）年以降は対立して内戦に突入。日中戦争で再び共闘するが、終戦後は米ソ冷戦に伴い、米国が支援する国民党軍と、ソ連が支援する共産党軍（八路軍）の内戦が激化。共産党軍が勝利し、49年に毛沢東を主席とする中華人民共和国が建国される。蔣介石が率いる国民党軍は敗れ、台湾に逃れた。

「ご主人、すまなかった」と言って返しに来たという。

光次さんは製鉄所の配給所責任者。戦中、日本人が中国人を虐げる中で、光次さんは心配りを忘れず慕われる存在だった。物を返しに来たのは「職もなく途方に暮れていた中国人を光次おじいさんが助けたことがあり、その恩返しだったたと聞きました」。

戦後に生じた混乱。社宅があった地域は電気、水道の設備が破壊された。水は2キロほど離れた山麓へくみに行くしかなく、夫の時雄さんと、当時同居していた滋賀出身の大学生が水を運んだ。電灯の代わりは、油に浸した灯心の小さな炎。冬になり、氷点下20度を下回る酷寒に耐えるまき集めにも苦労し、時には電柱を切り倒した。

その中で、同居していた姉夫婦の幼い子どもたちにとって「唯一の楽しみ」は、まきで沸かしたドラム缶風呂。「風呂上がりには髪の毛が凍り付くような寒さだったけれど、喜んでいましたね」

国共内戦では本渓湖も戦場となり、中国人同士が撃ち合ったが、村上さんらが命を脅かされることはなかった。

一帯では共産党軍が去り、国民党軍が治安の実権を掌握。終戦の翌46年、再び夏がめぐってくると、日本人の引き揚げが始まった。先行する人たちを送り出しながら、日持ちする食料としていり豆や干し飯などを準備。7月2日朝、村上さんの家族にも心待ちにしていた引き揚げ命令がもたらされた。

その日の午後には汽車に乗り込む慌ただしさ。妊娠4カ月だった村上さんはつわりに悩まされながらも、日本を目指す過酷な旅路に就いた。

●敗戦のみじめさ感じ

満州で2年半余りを過ごした村上さんは46年7月、日本に引き揚げるため貨物列車に乗り込んだ。

屋根も外枠もなく、転落しないよう縄を張り、人々は肩を寄せ合った。容赦ない炎天下に汗だく。鉄橋では振り落とされないよう大人が壁になり、トンネルでは機関車の煙に「子どもたちが泣きわめいていました」。車中で亡くなったり、途中駅で行方不明になったりする子どももいた。後年、中国残留孤児が帰国するニュースを見るたびに、「どうか肉親と巡り合えますように」と願わずにはいられなかったという。

行動をともにしたのは夫時雄さんのほか、姉安田房子さん一家6人と同居していた大学生。姉の子ども4人は6～2歳と幼く、はぐれないよう小さな手を大人がしっかりと握った。「日本に帰れば、米のご飯とお風呂があるよ」。合言葉のように励まし合った。

村上百合子さん（後列右）と一緒に記念写真に納まる姉の安田房子さん（同左）とおいやめいたち＝1944年、満州

引き揚げ船に乗るため葫蘆島《ころ》へ。到着したその日は土砂降りの雨だった。ずぶぬれの体に殺虫剤DDTを振りかけられると、白いしずくが頬を伝った。「まるでドブネズミのようで情けなく、敗戦のみじめさを感じた瞬間です」

船内も過酷だった。蒸し暑く、虫食いの乾パンやヒジキの塩汁など食べ物はわずか。祖国を目の前にしながら、ここでも多くが亡くなった。こもに包まれた遺体が海に投げ込まれるたび、「ボー、ボー」と汽笛が悲しげに響いた。

それでも希望を抱く出来事があった。「九品寺は無事に残っているぞ」。空襲から焼け残った地域を示す地図を姉の義父が船内で見つけ、熊本市九品寺の実家が無事と分かったのだ。「みんなで万歳しました」。出港から7日後、村上さんらは広島・大竹港で本土の土を踏む。

身重だった村上さんは47年1月、長女を出産する。満州の社宅があった本渓湖市の広裕街にちなんで「裕子」と名付けた。

姉の夫安田謙次さんもシベリア抑留後、48年に帰国する。しかし姉房子さんは翌49年、肺結核のため34歳で死亡。現セルモグループ会長の長男征史さんらの成長を見届けることはなかった。

「それでも姉は、あの世から安心して息子たちを眺め、喜んでいるでしょう。ただ、戦中戦後の厳しい生活が姉の命を削ったと思うと悔しい。戦争は平和な生活を奪うものなのです」

（2015年5月20〜22日）

悲劇の島
ペリリューの戦い

悲劇の島　ペリリューの戦い

戦後70年―。天皇、皇后両陛下が2015年4月8〜9日、太平洋戦争の激戦地パラオを初めて訪問された。日米が地上戦を繰り広げたペリリュー島の戦いでは日本軍だけでも約1万人が戦死。その戦いを指揮した守備隊長が玉名市出身の中川州男《くにお》大佐だ。戦史に残る玉砕戦を通じて戦争の実相に迫る。

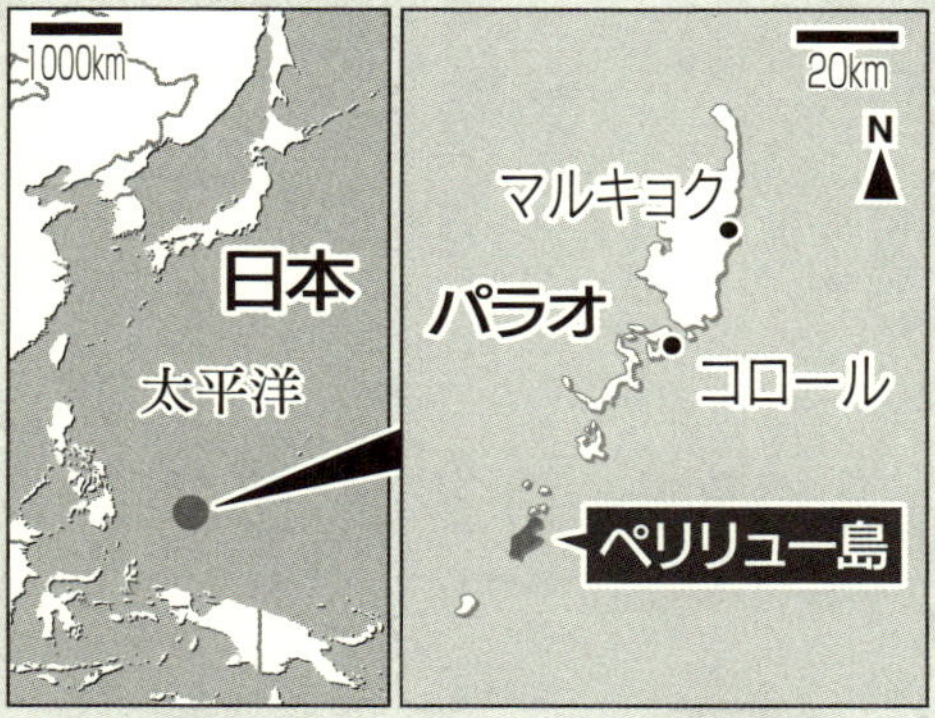

【パラオ共和国】

日本から約３千キロ南の西太平洋にある島国。人口は約２万人。1914年に始まった第１次世界大戦で、ドイツ領だったパラオを含む南洋群島を日本が占領した。国際連盟から委任統治を認められ、南洋庁をコロール島に設置。太平洋戦争終結まで約30年間統治した。戦後、米国の統治下に入り、94年に共和国として独立した。40年代には２万人以上の日本人が住んだ。

2014年2月、熊本市北区の立田山中腹。玉砕を伝える「サクラ、サクラ」の電文とともに1944（昭和19）年11月、ペリリュー島で自決した中川大佐の墓所を一人の男性が訪れた。

「ようやくお参りができて感激しております」。ともに戦い、激戦から生還した元海軍上等水兵、土田喜代一さん（95）＝福岡県筑後市＝の目に涙が浮かぶ。終戦を知らず、戦後も洞窟などに立てこもって抗戦を続けた34人の一人。いまや数少ない証言者だ。

土田さんがテニアンから輸送機でペリリュー島に転進したのは44年6月。眼下には息をのむ七色の海。南北9キロ、東西3キロの絶景の島は後に死闘の戦場となる。「とても小さな島で、どこにも逃げられない。自分の命もここまで、そう覚悟していました」

米軍の狙いは東洋最大とされた飛行場の奪取だった。中川大佐率いる水戸歩兵第2連隊（茨城県）中心の日本軍は、上陸に備えて全島を要さい化。兵士たちは陣地構築に明け暮れ、その数は500カ所を超えた。

旧制玉名中学（現玉名高）を経て、陸軍士官学校を卒業した中川大佐は陸軍大学校というエリートの道を進まず、実戦で野戦指揮官のキャリアを積んだ。ペリリュー島では、こんな逸話が残っている。〈戦闘を前に、島民が一緒に戦いたいと申し出た。大佐は「帝国軍人が貴様らと戦えるか」と言い放ち、島民を無理やりパラオ本島行きの船に乗せた。手を振って見送る日本兵を見て、島民は自分たちを救うためだったことを悟った〉

9月になると、米軍は島に空爆と艦砲射撃を加えた。見張り兵の土田さんは空や海の警戒に当たった。沖合にずらりと並んだ軍艦を見た時、「上陸は時間の問題と思った」。

そのときが来た。9月15日、海岸線では銃弾が飛び交う接近戦が展開され、日米に多数の死者が出

中川州男大佐の墓前で涙ぐむ土田喜代一さん（右）＝2014年2月、熊本市北区

玉名市出身の中川州男氏

た。「仕掛けた機雷に米軍の上陸用舟艇が触れ、そのたびに『ドドーン』と水柱が上がった」。血の色に染まった海岸は今、オレンジビーチと呼ばれている。

兵力で日本軍守備隊の4倍。火力でも勝る米軍は「スリーデイズ　メイビー　ツー」と豪語。2、3日で島を攻略できると踏んでいた。一方、日本軍はこの戦闘からバンザイ・アタックと呼ばれた突撃を禁止し、持久戦へと戦法を転換。全島に張り巡らせた洞窟陣地などに潜み、徹底抗戦を続けた。

米軍側の死者は約1600人。「ペリリューの複雑極まる防備に打ち勝つには、米国の歴史における他のどんな上陸作戦にも見られなかった最高の戦闘損害比率（約40％）を甘受しなければならなかった」。ニミッツ米太平洋艦隊司令長官は回顧録の中で、日本軍の抵抗のすさまじさをこう記している。

（2015年4月6日）

徹底抗戦㊥

菊陽町の民家の庭に観音像がひっそりと立つ。ペリリュー島の戦いから生還した故佐藤操さんが１９８３年、亡き戦友を慰霊しようと自宅に建立した「ペリリュー観音」だ。

「この観音像はペリリュー島の方を向いていると聞いたことがあります」。佐藤さん亡き後、遺志を引き継ぎ観音像を守る近くの親戚、阪本敏憲さん（70）は言う。

工兵隊だった佐藤さんは、地元の熊日菊陽販売センターのミニコミ紙に自身の戦闘体験をつづった。「食料も水もない毎日の戦いに向かって、次の日も次の日も山肌を伝い、谷間を潜り、ほふく前進して対戦車地雷を埋設していった」――。

終戦後も、島に潜伏し続けた土田喜代一さんにも忘れられない光景がある。

「よし、今から棒地雷（棒の先に爆薬を付けた自爆兵器）をもって戦車に突っ込む。希望者はいないか。３人だ」。潜んでいた壕《ごう》内で、上官が叫んだ。手を挙げれば死が待っている。重苦しい時間が流れる中、あと一人。その時、手が挙がった。「死ぬ時は潔く死ねと両親から言われました」。小寺という1等兵だった。

「不器用で、何をやってもへまばかりしていた男でしたが、私たちの身代わりになってくれたと思うと、今も涙が出ます」。勢いよく壕を飛び出した決死隊。しばらくして爆音が響いた。「あいつらやったな」。外に出ると、撃破された2両の戦車から炎が上がっていた。

洞窟陣地にたてこもる日本軍はゲリラ戦を展開。それでも米軍の執拗《しつよう》な攻撃によって次第に苦戦を強いられていく。火炎放射器で焼け焦げた日本兵の遺体が至る所に転がっていた。

44年9月の米軍上陸から約2カ月後。包囲の輪は刻々と狭まっていく。約1万人を数えた日本軍守備隊は１５０人に減った。

兵力、弾薬も底をつき、守備隊長の中川州男大佐は決断する。11月24日、あらかじめ取り決めていた「サクラ、サクラ」の電文をパラオ本島の集団司令部に送った。その日の夜に洞窟陣地内で自決を遂げ、2カ月半に及んだ日本軍の組織的抵抗が終わった。

サイパン、テニアン、グアムと負け戦が続く中、それまで奮闘を続けたペリリュー島の守備隊は日本軍にとって希望の星だった。

当時の熊本日日新聞も「パラオ諸島輝く大戦果」「優勢の敵来襲　皇軍果敢の肉弾攻撃」「わが魚雷挺身隊　敵輸送船六撃沈破」などの見出しで日本軍の奮戦を華々しく報じている。

「ペリリューは大丈夫か」。昭和天皇は毎日、戦況を気に掛けられていたという。守備隊に対する陛下の御嘉賞（お褒めの言葉）は実に11回。ペリリュー島は「天皇の島」と呼ばれている。

（2015年4月7日）

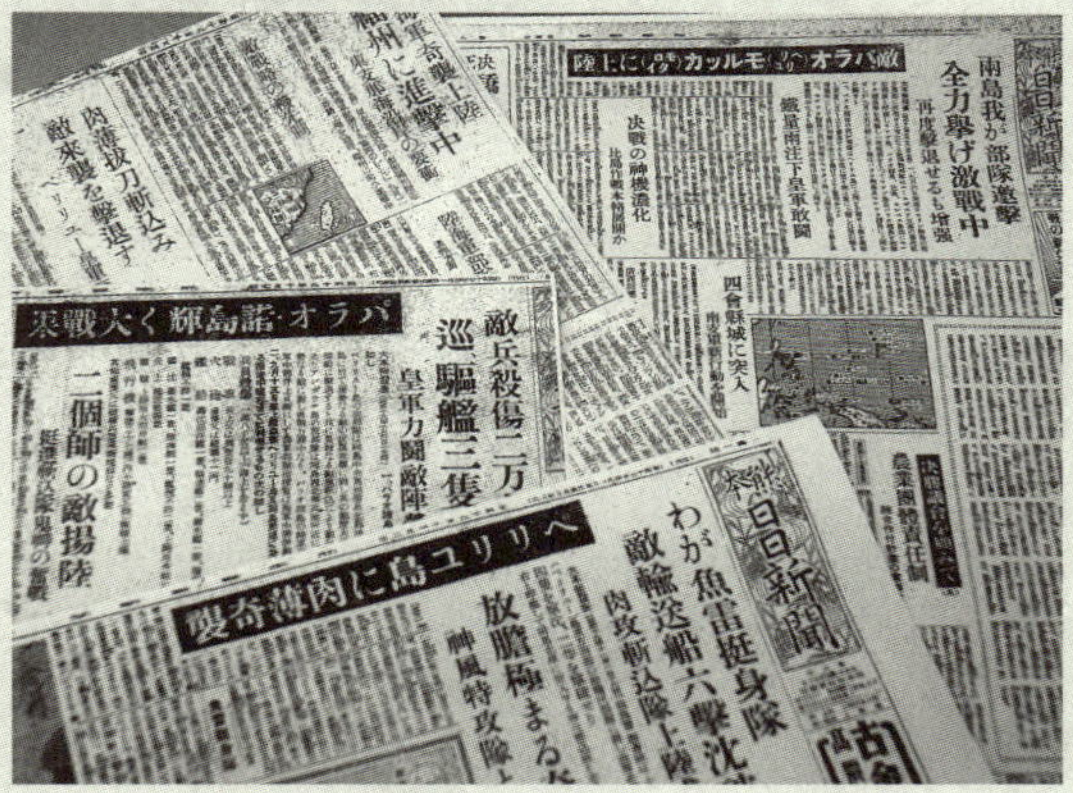

ペリリュー島の戦いを報じる当時の熊本日日新聞

戦友の慰霊のために建立された
ペリリュー観音＝菊陽町

徹底抗戦㊦

佐世保海兵団時代の土田喜代一さん

2014年9月、ペリリュー島で米軍の上陸開始から70年の記念式典が開かれた。日本と米国の国歌が演奏された後、この島で戦火を交えた両国の元兵士の名前が呼ばれた。

終戦を知らず、戦後も島で抗戦を続けた34人の一人、土田喜代一さんと、元海兵隊員のウィリアム・ダーリングさん。ゆっくりと会場中央に歩み寄った2人は敬礼の後、何度も握手を交わした。恩讐《おんしゅう》を超えて抱き合う2人の元兵士。もはや言葉は必要なかった。

「まさかあんな日が来るとは夢にも思わなかった。平和な時代がありがたかった」。土田さんは〝再会〟の日を振り返る。

守備隊長の中川州男大佐が自決した1944（昭和19）年11月、組織的戦闘は終わった。この時、洞窟などに散らばっていた生存兵は約80人。通信が途絶えた中で玉砕したことも知らされず、「陣地を死守せよ」との命令だけが生き続けた。「いつか友軍が反撃にきてくれると信じていた」。土田さんらは米軍の食料や武器を奪い、好機を待った。

47年4月、戦友が日本兵に投降を呼び掛ける手紙を拾った。手紙を書いたのは、米軍から説得を託された元第4艦隊参謀長の澄川道男少将。「日本が無条件降伏するはずがない」「だまされるんじゃないぞ」。渦巻く疑念と不安。文面を信じる者はいなかった。

しかし、土田さんは違った。当時の心境を手記にこうつづっている。「この状況下で生き延びるのは不可能。自分が命を懸けて確かめるほかない」。危機を回避する道は脱走しかない。

壕を出た後、澄川道男少将（右）と肩を組む土田喜代一さん（中央）＝1947年4月撮影、土田さん提供

書き置きをして、ジャングルを走り続けた。今にも戦友が後ろから発砲してくる恐怖を感じていたという。

澄川少将と対面するなどして、土田さんは終戦を確認。投降するよう仲間の説得にも加わり、残る33人全員が帰順した。「見つけ次第、土田を射殺せよとの命令が出ていたことを、日本に戻ってから知りました」。祖国の地を踏んだのは47年5月15日。日本国憲法が既に施行され、日本は新しい時代を迎えていた。

戦後、土田さんは筑後市内で写真店を営んできた。一緒に生還を果たした仲間とは戦友会をつくって交流を重ねたが、既に多くが鬼籍に入った。この間も現地をしばしば訪れ、慰霊を続けてきた。

生存者が少なく、しかも多くを語らなかったことなどから、「忘れられた島」とも言われたペリリュー島。天皇、皇后両陛下の訪問を機に脚光を浴びる。「英霊も喜んでいるはず。戦争は勝っても負けても悲惨。生きている限り伝えていきたい」。土田さんはかつての戦場で両陛下を出迎える。

（2015年4月8日）

素　顔

「よし行くか」。兄と弟は山を駆け降り、遠くに望む有明海に向けて歩き出した。やっとたどり着いた海岸で、2人は貝やヒトデを見つけて大喜び。しかし、帰りは空腹と疲労、足の痛みで思うように進まない。その間にも日はどんどん暮れていく。「兄さん、ひもじか」。まだ小学校に上がる前の弟は、ついに泣きだしてしまった―。

この時、「ひもじい」と泣きついたのが、後にペリリュー島の戦いで約1万人を率いる守備隊長の中川州男大佐である。三つ上の次兄、道之さん（故人）が書き残した文章の中に出てくる弟との思い出だ。

全島に洞窟陣地を張り巡らせ、約2カ月半も抗戦を続けた中川大佐の素顔とは―。

1918（大正7）年に陸軍士官学校を卒業。上官の妹だった光枝さん（故人）と結婚し、配属将校として福岡県の八女工業学校（現八女工業高）に勤務した時期もある。

「軍人の本流から外れ、本人も不本意だっただろう。ただ、その後の転戦を考えると、夫婦にとって一緒に暮らせた最も穏やかな時代ではなかったか」

こう話すのは「愛の手紙―ペリリュー島玉砕　中川州男大佐の生涯」を出版した元映画プロデューサーで作家の升本喜年さん（85）＝東京都在住。大佐と同じ旧制玉名中学（現玉名高）の出身だ。

同書には、配属将校から部隊復帰した際のエピソードが紹介されている。中川氏が禁じたのは、軍隊で常識となっていた古年兵による初年兵いじめ。「戦争になれば、お互いに生死をともにする同志であることを忘れてはならん」。ペリリュー島の戦いでも思いを貫いたに違いない。

日中戦争では、最前線から妻に数々の手紙を送っている。初陣を飾った直後には「戦闘は激しく死傷者も大分《だいぶ》出た」と記すが、妻への優しい言葉はない。

親族で記念写真に納まる中川州男氏（後列中央）＝親族提供

後の手紙には、夫の無事を祈って神社詣でを続ける妻に「病気などになれば取り返しのつかない事です。寒中は中止されたく存じます」とのいたわりの言葉も見られるが、筆運びは総じて淡々としている。

「妻を思う直接的な言葉は少ないが、行間から優しい心根が伝わってくる」と升本さん。中川氏の兄、道之さんの娘の星田友子さん(80)と中川澄子さん(72)＝いずれも熊本市中央区＝も「戦地にあっても時間を見つけて頻繁に手紙を書いている。その思いは光枝叔母さんにも届いていたはず」と話す。

41年12月、太平洋戦争が始まる。戦局が厳しくなる中、「今度は終わりのない〝永劫《えいごう》演習〟だ」。44年3月、夫は妻にそう言い残し、南方に向かった。それが夫婦にとって、永遠の別れとなった。8カ月後、夫はペリリュー島で自決を遂げる。

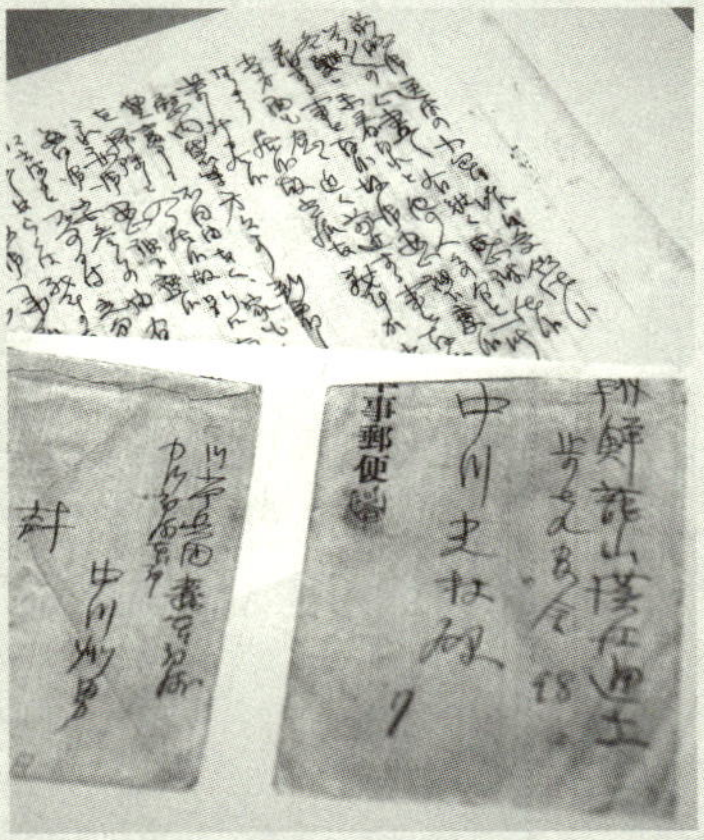
中川州男氏が妻に送った手紙の複写

（2015年4月9日）

遺品

熊本市北区の陸上自衛隊北熊本駐屯地。戦争関連資料などを展示する「防衛館」の一角に、ペリリュー島の戦いを紹介したコーナーがある。小さなガラス瓶に入れられた貝殻や砂は、守備隊長だった中川州男大佐の妻光枝さんが島から持ち帰り、本人の死後、親族が寄贈したものだという。

夫が自決した最期の地を、光枝さんが訪れたのは1992年。周囲が大佐の遺骨を探そうとした時、夫人はそれを制しこう言ったという。「島にはまだ多くの部下が眠っています。自分だけ先に帰るような主人ではありません。きっと『俺は一番後でいい』と言うはずです」。代わりに持ち帰ったのが貝殻と砂だった。

戦後、家族の元に届けられた大谷龍蔵氏愛用の万年筆

防衛館に展示されたペリリュー島の砂と貝殻＝熊本市北区の陸上自衛隊北熊本駐屯地

「戦死せし　亡き人しのぶ　熊本べん」「春苺《いちご》　まづ仏だんに　ひとり言」

句作や華道をたしなみながら、軍人の妻らしく気丈に生きた光枝さん。「穏やかでユーモアがあった」と話す親族の中川規子さん（81）＝熊本市中央区＝は一度だけ、仏壇の前で鈴《りん》を激しく鳴らす光枝さんを見たことがある。「戦争や夫のことを多く語る人ではなかったけど、きっと寂しかったんでしょう」

防衛館のペリリュー島コーナーには、2人の肖像画が並ぶ。中川大佐と、もう1人が西カロリン海軍航空隊司令の大谷龍蔵中佐だ。中学済々黌（現済々黌高校）の出身。大佐の指揮の下で陸軍部隊とともに戦った。

「厳しさと優しさを併せ持つ、そんな父だった」。長男の清明さん（85）＝同市東区＝が振り返る。「子どもには『軍人になれ』が口癖でした」

宮崎海軍航空隊の司令時代、大谷氏は久しぶりに顔を合わせた家族に「ダ

大谷龍蔵氏の家族写真。左から大谷氏、広明さん、清明さん（大谷清明さん提供）

バオ（フィリピン）に行くことになった。もっと南になるかもしれない」と告げた。当時、清明さんは熊本陸軍幼年学校の1年生。「軍人への道を歩みだした息子を、父はとても喜んでいました」。しかし、親子の夢は終戦で断ち切られ、戦後は電電公社（現NTT）に勤務した。

宮崎からダバオを経て、大谷氏が西カロリンの司令としてペリリュー島に移ったのは44年8月。

米軍上陸後、苦戦を強いられた海軍部隊は弾薬も底を尽き、多数の死傷者を出した。大谷氏は、熊本出身で軍属の1人を呼び寄せると、戦況と部下の戦いぶりを記したメモを渡し、パラオ本島の集団司令部に届けるよう指示した。

この時、取り出したのが愛用の万年筆。「もし君が生きて帰ることがあったら、私の家族に渡してもらえないか」。そして、こう付け加えたという。「これからはペンの力も必要だと、子どもたちに伝えてほしい」。この後、大谷氏は拳銃で自ら命を絶った。44年9月27日―。

終戦の翌年、万年筆は遺族の元に届けられた。今も次男の広明さん（82）＝同市東区＝の元で、父の〝分身〟は生き続けている。

（2015年4月10日）

遺骨収集

2015年3月、日本三名園の一つ、茨城県水戸市の偕楽園では梅まつりが開かれ、多くの人出でにぎわっていた。茨城県護国神社は、その偕楽園に近接。一角にペリリュー守備部隊の鎮魂碑が立つ。

「先の東日本大震災で、この石灯籠も派手に壊れてしまって…」。そう話すのは、水戸2連隊ペリリュー島慰霊会の事務局長、影山幸雄さん（70）＝水戸市。石灯籠は守備隊長だった中川州男大佐の妻光枝さんが生前、寄贈したものだという。

米軍との激しい地上戦を繰り広げたペリリュー島の戦い。日本の守備隊の中心を担ったのが、中川大佐が連隊長を務めた水戸歩兵第2連隊だった。日本軍の戦死者約1万のうち、実に3分の1を占めている。

同慰霊会は戦友や遺族で組織。島の日本軍が玉砕した11月、毎年同神社で慰霊祭を続けている。加えて、今も島に眠る遺骨収集も活動の大きな柱だ。

厚生労働省によると、同島で遺骨収集事業が始まったのは1952年度。民間の協力を得て約7600柱を収容した。

戦時中、水戸2連隊の物資調達に携わった父親の遺志を継ぎ、影山さんが遺骨収集に取り組んで約20年。

気温40度、島民も入らないようなジャングル。切り立った崖など活動には常に危険が付きまとう。「遺骨のある場所は独特のにおいがするんです。居場所を教えてくれているんですかね」。散乱する遺骨や水筒、飯ごう、手りゅう弾…物言わぬ存在が戦争の愚かさを訴える。

一人でも多く日本に帰してやりたい―島を訪れた回数は既に30回を超える。「70年続いた平和を永遠のものにするために、あの時代を忘れてはならない。私にとってはそれが遺骨収集です」。同じく

ペリリュー島守備部隊の慰霊碑の前に立つ影山幸雄さん＝茨城県水戸市

壕内での遺骨収集作業。右側の手前から２人目が影山幸雄さん＝2002年（本人提供）

激戦地となった硫黄島にも通う。

一方で、壁も立ちふさがる。パラオでは許可なく遺骨や遺品を掘り出したり、移動させたりすることが禁じられている。このため、島の有力者が現地政府との交渉に奔走し、日本側の遺骨収集を支えてきた経緯もある。

「米軍との戦闘が始まる前、中川大佐はすべての島民を避難させ、犠牲者を出さなかった。現地では今も感謝の声が聞かれる」と影山さん。両国間に横たわる歴史が、親日国パラオの底流に流れているという。

パラオには今、日本からも多くの観光客が駆け付ける。東洋大国際観光学科の島川崇准教授も２０１５年12月、ゼミの学生たちとペリリュー島を訪れる予定だ。

「美しいビーチに感動して終わり。そういうゼミ旅行にはしたくない」。それならどうすればいいか―悩んでいた時、出合ったのが中川大佐の生涯を一冊にまとめた「愛の手紙」。学生にも読ませたいという。「今の学生は戦史モノに興味を示さない。一人の人間の生きざまを通して、戦争の真実に触れてほしい」

輝く太陽、青く澄み切った海…。約70年前、そこは確かに戦場だった。かの地に立った時、若者たちは何を感じるのだろう。

（２０１５年４月11日）

あとがき

『戦艦武蔵』『大本営が震えた日』などで知られる作家の故吉村昭氏は1973（昭和48）年、日本の潜水艦乗組員の苦闘を描いた『深海の使者』を最後に10年近く書き続けてきた戦史小説の筆を折ります。その理由を、吉村氏は「証言者の死が加速度的に速まり、正しい史実を得るのが不可能になったからである」と著書に記しています。関係者の証言を徹底的に掘り起こし、さまざまな角度から真実に迫ろうと格闘してきた作家ゆえの葛藤であり、覚悟だったのでしょう。以来、執筆の軸足は歴史小説へと移っていきます。

吉村氏が戦史小説と決別した73年は戦後28年。戦争が終わって僕らは生まれた―の歌詞で知られる『戦争を知らない子供たち』がヒットしたのもその頃です。それから42年の歳月が経過し、戦後70年を迎えた今、戦争世代は既に2割を切りました。吉村氏の言葉を借りれば、「正しい史実を得るのが一段と不可能になりつつある」ということでしょう。

しかし、私たちは戦争体験との〝対話〟をやめるわけにはいきません。過去は現在、そして未来へとつながっています。歴史を知ることで日本が置かれている現状や、これから進むべき方向もおのずと見えてくるからです。それによって私たちは過去を教訓として、過ちを繰り返さなくて済むのです。

憲法改正に向けた動きが加速し、周辺諸国との緊張関係も高まっています。時代の分岐点に立たされた今、故人となったドイツの元大統領・ワイツゼッカーの言葉が胸に響きます。「過去に目を閉ざす者は、現在にも盲目になる」―。私たちに求められているのはいま一度、戦争の時代としっかりと向き合うことではないか。そうした思いを胸に刻みながら、若い記者たちが戦争体験の聞き取りを続けています。

本書は、2013年5月に開始した「伝えたい　私の戦争」と、太平洋戦争の激戦地となったペリリュー島の戦いを追った「悲劇の島　ペリリューの戦い」の2つの連載で構成しています。15年4月に天皇、皇后両陛下が慰霊のため初めて訪問されたパラオ諸島のペリリュー島は、日本軍だけでも約1万人が命を落としました。その戦いを指揮した守備隊長が熊本県出身の中川州男大佐です。連載では戦史に残る玉砕戦や大佐の生き様を通じて戦争の実相に迫りました。

「私の戦争」については第3集以降、76人目から100人目までの証言を収載しました。小多崇、楠本佳奈子、石貫謹也、横山千尋、浪床敬子、東寛明、鎌倉尊信、中村勝洋、隅川俊彦、林田賢一郎、河内正一郎、河北英之の各記者と本田が取材に当たり、「ペリリューの戦い」は本田が担当しました。

取材班にはこれまで400件を超える戦争体験が寄せられています。日に日に増えていく手紙の山を眺めながら、続けることの重みを感じずにはいられません。加えて、取材は時間との闘いでもあります。第4集で証言を掲載させていただいた中にも、既に故人となられた方がいます。新聞が記憶の橋渡し役として何ができるのか―。連載を通じて、これからも戦争体験者の「今しか伝えられない言葉」「今だから伝えられる言葉」を届けていくつもりです。

2015年8月

熊本日日新聞社社会部次長　本田清悟

伝えたい 私の戦争 第4集

2015（平成27）年8月1日 発行

発　　行　熊本日日新聞社

制作・発売　熊日出版（熊日サービス開発 出版部）
〒860-0823 熊本市中央区世安町172
TEL 096-361-3274

表紙デザイン　ウチダデザインオフィス

印　　刷　株式会社 城野印刷所

ISBN978-4-87755-528-3
C0321 ￥1000E
定価［本体1,000円＋税］